# 十八世紀英國文學

宋美璍 著　　東大圖書公司 印行

國立中央圖書館出版品預行編目資料

十八世紀英國文學：諷刺詩與小說／
宋美璍著.--初版.--臺北市：東大
發行：三民總經銷，民84
　　面；　　　公分
含索引
ISBN 957-19-1786-9（精裝）
ISBN 957-19-1787-7（平裝）

1.英國文學-評論-18世紀　2.詩-
評論　3.小說-評論

873.2　　　　　　　　　　84004548

# ⓒ 十八世紀英國文學
## ──諷刺詩與小說

著作人　宋美璍
發行人　劉仲文
著作財
產權人　東大圖書股份有限公司
　　　　臺北市復興北路三八六號
發行所　東大圖書股份有限公司
　　　　地　址／臺北市復興北路三八六號
　　　　郵　撥／〇一〇七一七五──〇號
印刷所　東大圖書股份有限公司
總經銷　三民書局股份有限公司
門市部　復北店／臺北市復興北路三八六號
　　　　重南店／臺北市重慶南路一段六十一號
初　版　中華民國八十四年七月

編　號　E 87010

基本定價　叁元貳角

行政院新聞局登記證局版臺業字第〇一九七號

ISBN 957-19-1787-7（平裝）

# 前　言

　　本書共六章。如書名所示，主要討論十八世紀英國文學的兩個大文類——諷刺詩與小說。各章寫成的時間不同：二、三章最早，一、六其次，四、五是近作。其中，第三章係從旁輔辦新古典主義的信條。十八世紀英國文學一詞，依學院慣例，涵蓋西元一六六〇年至一七八五年，包括十七世紀後葉的復辟時期和十八世紀末浪漫主義抬頭之前的百餘年時間。這是一個以仿古為主流，以創新為偏鋒的文學時期。主要的作家有新古典主義四傑（德來頓、波普、約翰笙、史威夫特）與小說的三巨頭（狄福、理查遜、菲爾定）。本書不是敘述性的斷代文學史，不能也未便事無鉅細，無所不包。它僅只是個人十年來研讀思考這段時期英國文學的重要議題和作家的一點結果，重點在於闡述此一時期「古今之爭」的文學現象，亦即透過諷刺詩和小說的文類之爭，以及廟堂與市井作家之爭，說明不同的價值觀之扞格。十八世紀英國文學浩瀚廣潤，拙筆未盡之處當於來日增補。

　　本書所呈現的閱讀策略是文類的，也是文化的。追溯諷刺詩和小說的源頭——一為古典一為現代（十七世紀）——對瞭解這兩個文類的特色極有幫助。文類史研究的背後動機，往往在於驗證「文學社會學」的這個假設：認為每個不同的時代各有其建構的主流意識，有助於孕育該時代的主流文類。十八世紀英國諷刺詩的鼎盛，得力於當時的政治背景與哲學思潮，追求秩序與實證格物之際亦夾纏古今引例取譬；現代時期暗潮蠢湧的新人類則另起爐灶，以散文抒發個己小民的

心志，終使小說成為新興的文類。「文學社會學」的假設表現在本書行文議論中，便多所強調文類成規、創作動機和讀者欲求。整體來說，除了文義和結構的解析之外，本書行文亦側重意識型態的抗爭嬗替（例如政治、宗教、階級與性別）。本書六章原為獨立的六篇論文，曾分別於學術會議、《中外文學》和《聯合文學》上發表，此次加以增刪修訂，集結成書。

十八世紀研究，和其他的斷代研究一樣，皆不免為一種建構發明，擬想一段已然逝去的文學歷史，企圖重塑一個過去的現實。傳統的十八世紀研究顯示出強烈的中心論，其主力用以維護新古典主義的道統，鞏固模仿論和目的論，鏡象說和文以載道的主張，是大家所熟知的。另外，新古典主義的韻體以詩為尊，文類的位階觀念牢不可破。新古典主義承襲文藝復興所發揚的信念，認為文學（詩）是人間至高無上的學門，比埒神祇的創造物，而詩人乃凡間的神祇，可以無中生有，點銅成金。傳統的文學外緣研究以文學為中心標的，而對哲學、宗教、科學等同時代思潮的相關研究，只為輔佐吾人對文學的更深一層瞭解。傳統的斷代研究鮮少如邇近數年出現的著作，側重日常、政治氛圍，或通俗文化等向度的探討。簡而言之，傳統的學者企圖建立一個封閉的體系，以文學為中心主宰；而邇近的文化研究學者則自物質條件和主觀動機切入，探求個體與主體性。傳統的十八世紀研究以人文主義的抽象思維概括環宇人類；邇近的十八世紀研究投注心力於小說文類的相關議題，以性別、階級及心理欲求區分個體殊異。新古典主義的獨白終於有了對話的對象。研究諷刺詩和小說之間的文類和文化的抗衡意義，便是對話的一例。

回想在大學時代初受啟蒙，讀到英國較早期的作家。在某一個研究所的專題課上得知，孔子的中庸思想和波普的人性論很像。那是一

時一地所吹拂的學風。在美國大學中啃讀的十八世紀專書，浸潤著新批評和結構主義的況味，也是另一時另一地的學院糧草。近幾年來，學院的風又轉了個向，吹向文化研究。這本書的出版顯示這些年來某一介學子走過的路途，以及英國的十八世紀文學在另一個時空位標，透過一個主觀意識的再現。這些年來，讀書或覺艱辛，握筆或感沈重，但是其中亦不乏與外國古人神交之樂。教書多年，準備功課的收穫以及好學勤問的學生所給予的腦力激盪，都是彌足珍貴。

十八世紀英國文學研究在臺灣首由先師臺大外文系故侯健教授開始，研究理查遜、菲爾定和史登恩，並曾比較〈好逑傳〉與《克拉麗莎》。此外，尚少其他成果出版。中國大陸學者范存忠先生著有《英國文學評論集》，由南京大學出版社刊行，其中有半數篇幅討論十八世紀的作家（狄福、菲爾定、約翰笙），或十八世紀與中國的比較文學議題（如〈趙氏孤兒〉之傳入歐洲）。誠盼未來能有更多的此一時期相關研究出版。

本書的出版要感謝家人、師長、同仁和出版界朋友的鼓勵。斗室燈下看似孤獨，胸懷之中卻充塞著親情和友情。謹將此書獻給先父、母親和長房。

宋　美　璍

八十四年四月識於臺北

# 十八世紀英國文學：
# 諷刺詩與小說

## 目　次

# 第一章　新古典主義在英國

　　十七世紀末的英國文學承襲啓蒙運動 (The Enlightenment) 所
帶動的思潮和價值，往後更衍肇出新古典主義的黃金時期。學者一
般把一六六〇年英王查理二世結束流亡回國登基，至一七四五年左右
新古典主義二巨擘波普 (Alexander Pope) 和史威夫特 (Jonathan
Swift) 相繼凋萎，這段將近九十年的文學歲月稱爲新古典主義時期。

　　英國自一六四二年清教徒革命成功，廢帝成立共和，克倫威爾推
行廉政，甚且立法執行取締奢逸，頒訂個人民生衣食花費的額度。影
響所及，劇院關門，文學創作亦遭排斥，貶爲敗德煽情。克倫威爾
在一六五三年受册封爲「英格蘭、蘇格蘭和愛爾蘭共和國的護國攝
政」，於一六五八年病逝，兒子利查繼位，但旋因無能顢頇而遭罷
黜，英人迎回流亡巴黎的查理二世，於一六六〇年正式即位，史稱
「復辟」 (The Restoration)。

　　歷經近二十年的內戰政爭，英人亟盼休養生息。但是，復辟初期
的英國仍然深陷在政治與宗教紛爭的羅網之中。一六六二年托利黨主
導的國會通過「遵奉法案」 (Act of Conformity)，敕令神職及大
學高級教職人員皆須皈依英國國教。一六七三年通過的「效忠法案」
(Test Act) 更要求所有的政府公職人員入國教。國教與清教、托利
黨 (Tories) 與惠格黨 (Whigs) 的對立益發明顯。再加上英人自一五
四〇年代亨利八世創立國教以來，仇視羅馬天主教，使得政教之間的
衝突嫌隙更爲多角複雜。天主教、國教和清教由於對教義詮釋之不

同，形成依序爲保守、中庸、激進的三大教派，彼此傾軋壓迫，使得政治暴力無時不有。查理二世無嫡嗣，死後由弟詹姆士二世繼位，改宗天主教，遂引發非天主教人士的反抗，而有一六八八年國教徒策動的「光榮革命」(The Glorious Revolution)，詹姆士二世去位，天主教的政治勢力自此一蹶不振。

政教鬥爭的暗潮稍戢，在十七世紀的最後十年裡未再出現風浪。由動盪至和緩，在政治上如此，在文學創作亦然。查理二世初復辟之際，清教共和與君憲交替，由嚴謹蕭穆驟然轉變爲奢華逸樂的宮廷品味，這樣的新舊雜陳的情況也反映在文學的品味上。一六六〇年代的英國文學有清教徒密爾頓 (John Milton) 的史詩宏構《失樂園》(*Paradise Lost*)，敍述天使與人類的叛逆和罪罰；有班揚 (John Bunyan) 的《天路歷程》(*The Pilgrim's Progress*)，講基督徒的救贖，充滿草根性的反國教思想；有德來頓 (John Dryden) 的形式復古的諷刺詩及提倡中庸平和的文學理論；也有機鋒雄辯風流不羈的時尚喜劇 (Comedy of Manners)。這個價值雜替的現象最後總結爲宮廷與中產階級品味的二分對立。

查理二世性情隨和，雖貪好逸樂女色，但是也能好學深思，提倡科學人文藝術不遺餘力。他自己鑽研化學，一六六二年創設「倫敦皇家科學會」推動自然科學研究。查理二世同時雅好音樂和繪畫，自歐陸禮聘名家前來獻藝，在倫敦又新組二個劇團——「國王劇團」和「公爵（查理之弟詹姆士）劇團」——自此宮廷與上流社會又恢復了共和之前的活力。

相對於宮廷，以商人爲主的中產階級被視爲沒有文化的野蠻人。非宮廷派系的作家得不到貴族的經濟贊助，不能迎合貴族品味，只能自覓生路。劇作家猶有票房收益，貼補生活，詩人則往往淪爲煮字療

飢。例如密爾頓，出版《失樂園》時只得到十英鎊的酬勞。所幸在十
七世紀結束之前出版商發明「預約」的辦法，由讀者預付訂金約購
豪華的精裝本，出版業有了利潤，作家的稿酬才大幅提高。一六九
七年德來頓英譯出版《維吉爾 (Vergil) 全集》，賺了一千英鎊的稿
酬。

　　十七世紀末「啟蒙運動」初萌，理性和科學的思想抬頭。這個運
動雖然沒有普及於庶民大眾，但是知識菁英和朝中貴族皆受薰染。
占星術和冶金術等祕學不再流行。倫敦皇家科學會的創始成員包括
文學家德來頓、化學家波義爾 (Robert Boyle) 和史學家斯布雷特
(Bishop Sprat) 等人，對科學與人文學科進行規劃，強調秩序、理
性、簡潔、精確等理想。在宗教方面，正統的教義持續受到挑戰，俗
世的各種觀念逐漸得勢，把亨利八世宗教革命時挑起的教義紛爭擠至
邊緣，不復熾熱。霍伯士 (Thomas Hobbes) 在一六五一年的名著
《大海獸》(*Leviathan*) 中倡言絕對的政府權力，用以規範人性，
達到最高的行政效率。此一論調雖然飽受教會的攻擊，但是卻博得當
時年輕一輩思想家的認同。皇家科學會所推動的科學研究，包括天
文、物理、化學，驗證出宇宙不變的定律，如牛頓的引力論和波義爾
的氣壓定律，用以肯定當時人追求秩序的渴望。大自然是個秩序井
然、分毫不差的機械體制，證明了造物主的理性、善意和智慧。教義
紛爭於是被籠統的樂觀信念所取代，人類的首要任務是配合自然界和
上帝的旨意，發揚理性和善念。如此的理性論到了下個世紀衍生出
「自然神論」(Deism)，重視自然界第一手的神靈啟示，而貶抑《聖
經》的「第二手」的啟示，又導致基督教內的教義分歧。

　　十七世紀愈近尾聲，整個文化趨勢愈朝向世俗、溫和與容忍異
己。當時著名哲學家洛克 (John Locke) 在《論人類之理解力》

(*Essay Concerning Human Understanding*) 中如是說：

> 此文旨在探索理解力的本質、界限，及可足與其相持之其他力量，以及其力有未逮之處。如此，則吾人必能在日常汲汲營營之際，更能謹慎從事，不逾分貪求窮究，必能謹守分寸，對於確認不在吾人心智能力掌握之內的諸事物，能持謙遜之心甘於無知……人類所當為者非全知萬物；只當細究與日常言行有關者。

這段話為十八世紀新古典主義下了一個最好的注腳，預證此一運動人文主義者的種種立場：史威夫特的反玄學、反抽象演繹和純理論科學；波普所襲承的「生命鍊環」(the Chain of Being) 思想，認為萬物各有所司；約翰笙 (Samuel Johnson) 對「現世今生」的執著；以及英國國教反宗教狂熱的中庸教義。

一六六〇年直至世紀末，英國文學和歐陸的文學遙相呼應。和文藝復興相同，新古典主義也是全歐性的文學與文化運動。兩者不同的是，前者由義大利主導，後者由法國主導。綜言之，新古典主義反對文藝復興晚期文學中的諸種流風：繁複、晦澀、誇大、奢逸，而倡行簡樸、克制、規律和常理。德來頓和時人皆揄揚「隨意自然」的才思，用以一新耳目，而非驚世駭俗。法國在十七世紀創造了路易十四治下的興盛文風。英國的新古典主義時人也稱為「仿奧古斯都文學」(Augustan literature)，意在頌揚羅馬帝國首任國王奧古斯都的英明政績，企盼復辟後的英國也能如內戰後的羅馬人一樣，建立大一統的政治秩序，同時在文學成就上也能直追維吉爾、何瑞思 (Horace) 和歐維德 (Ovid) 等先賢文哲。百姓期待查理二世是另一個奧古斯都，

文學家則以當時羅馬古典作家爲模仿對象。

　　查理二世和他的朝臣久居法國，在回國時自然帶回了法國文學的風尙。法國新古典主義文學家，諸如夸內依（Pierre Corneille）、瑞賓（René Rapin）和布瓦羅（Nicolas Boileau）等人，成了英人耳熟能詳的名字。儘管如此，英國文學仍然保有強烈的自主性。英國作家採擷法人的長處，但並不奴性地抄襲。例如，德來頓評論莎士比亞，認爲莎翁雖不遵守「三一律」（故事地理背景單一、發生於二十四小時內、情節單一），卻無損其戲劇藝術；英國文學要能在世界文學景觀中獨樹一格，就必須維護本身自喬叟（Geoffrey Chaucer）、史賓塞（Edmund Spenser）、莎士比亞、姜生（Ben Jonson）和鄧恩（John Donne）流傳下來的傳統，而非照單全收複誦法國新古典主義的敎條。

　　簡樸優雅的新古典主義的美德，其實本爲英國文學的主流，在姜生的作品中已經甚爲明顯。他的門徒柏芒（Francis Beaumont）早在一六二五年即已揭櫫了後來被德來頓與波普所信奉不悖的準則：

> 正確的詞句，恰當的語辭，
> 清醒地掌握意象比喻，
> 明晰的描繪，但不落俗套，
> 類比精闢，曉暢和圓融，
> 不以文害辭，以自然爲尊。

這股本土的古典傳統深刻地影響了下一個世紀的新古典主義詩人。「自然」更成爲詩人所「模仿具現」的對象。

　　「自然」一詞涵義極廣。新古典主義者特別強調的是：人性之中

普遍、永久和代表性的成分。山水自然可供觀賞怡情及宗教冥思，但不是他們所關注的焦點。追隨自然，指的是追隨古人的腳步。因為，既然相信人性有永久不易的準則，那麼古典文學中已經卓然成章，對人性有最多面的觀察、描述和詮釋。波普認為，荷馬便是「自然」，而何瑞思諷刺羅馬人和社會的詩作（諸如譏刺貪婪、縱慾，勸勉友必忠信等），猶可對當時英國人有教誨之功。詩既然是「作」出來的，是一項技巧藝術，那麼當代詩人便如髫齡學徒，必須向古代大師求教。亞理斯多德和何瑞思分別在《詩論》（*Poetics*）和《詩的藝術》（*Ars Poetica*）二書中制定了規則，詳述文學的種類 (genre)，略有：史詩、悲劇、喜劇、田園詩、諷刺詩、頌等，各文類都有其獨特的語言修辭文體的要求，詩人藉由這些規則入門，可以一登「自然」之堂奧，描述並掌握人性的真諦。波普所言，古典文學家已「將自然規劃井然」（"Nature Methodized"），正是此意。

英國的新古典主義不似法國的僵硬。即便是德來頓，在論及莎士比亞時也明言，莎士比亞並未遵守「三一律」，但仍然是眾所公認，英國最偉大的劇作家。德來頓在〈論戲劇詩〉（"Essay of Dramatick Poesie"）一文中說：「莎士比亞擁有一個兼容並蓄、寬大恢宏的靈魂，實乃古今第一人。『自然』的種種形象皆在他的眼底掌中，他信手拈來，毫不費力；他筆下人物不僅令讀者覺得如在眼前，更讓人覺得就在左右挨蹭廝磨。」莎士比亞是唯一傑出的特例。姜生在悼念莎翁的詩中說他「學拉丁文不多，習希臘文更少」，幾乎未曾接觸古希臘羅馬的名家。德來頓進一步說，莎翁「生而知之」，親炙「自然」，實乃歸因於他的「才情」（wit）。

「才情」是「自然」之外，另一個英國新古典主義的關鍵概念。才情涵指才思敏捷、創意，尤指能在相異之物體間找出類同之處而出以明

喻和暗喻者。此一定義類近想像力一詞，但非毫無章法節制的幻想，必須要受到駕馭。新古典主義者不以十七世紀早期的形上詩為然，認為它天馬行空，意在以誇大的辭藻做驚人之語（例如，有一形上詩將女子之悲泣比喻為「二片隨身攜帶的汪洋」）。新古典主義詩人要馴服這類野曠的才情，使它合乎「規矩」(decorum)。德來頓說，才情是「文字與思想的合宜融匯；亦即文字與思想能夠契合題材」。

　　文人發揮才情曾經引起衛道者的反彈。一六九〇年代國教徒和清教徒合組「改革風氣協會」，鼓吹道德教化，撻伐敗德奢侈，特別點名批判「時尚喜劇」。國教牧師科里爾 (Jeremy Collier) 攻擊康格里弗 (William Congreve，他擅長以機巧露骨的文字描寫情場遊戲) 和德來頓，認為他們推崇的「才情」正是腐蝕宗教和道德的元兇。此一衛道之論調彷彿重演當年柏拉圖貶謫文學的一段歷史。

　　十八世紀伊始，波普和史威夫特分別為十二歲與三十三歲。波普曾獲德來頓讚賞，才華早露；史威夫特則已經是成名作家。約翰笙要到世紀中葉才嶄露頭角。這幾位新古典主義的大將各有所長，繼續發揚新古典主義的信念。

　　和無數個前朝的文學家一樣，波普和史威夫特的文學生涯與周遭的政治環境息息相關。一六八八年的「光榮革命」把新教徒威廉與瑪麗從荷蘭迎上英國王座。一七〇二年詹姆士二世的女兒安妮繼位為女王，為斯圖亞特王朝的最後一位君王。安妮統治英國十二年期間，皇權受到削弱，國會勢力擴張，平民的法律權利受到保障，皆源自一六八九年頒布的「權利法案」(Bill of Rights)。對外，英國與荷蘭、奧地利和巴伐利亞結盟，介入西班牙王位繼承的爭端。英國商人發了十年的戰爭財，惠格黨也藉著延續仇法及仇西的民氣，在政壇稱霸多年。安妮行事中庸溫和，子嗣早夭，一七一四年逝世之後，英國王位

由德國漢諾威家族入繼，開始喬治三代的統治，英國國政遂長期由惠格黨把持。漢諾威王朝與惠格黨的結盟重商輕文，此時的英國急速向海外殖民，產業革命蓄勢待發，市況一片榮景，嚴肅的文學逐漸失去掌聲及注意，文化的表現日趨通俗，市井的戲劇取代了代表朝廷品味的詩，即便是貴婦也與平民一起，捧讀小説，沈醉在虛構的「寫實」故事之中。新古典主義的文學理想——模仿先賢、以詩為貴、文以載道——受到嚴厲的考驗。

波普和史威夫特都是托利黨，認同安妮女王的中庸政策和人文傾向。喬治一世和二世重商輕文，加上宰相渥波爾(Robert Walpole)的腐敗貪黷，都不是保守衛道的波普和史威夫特所能欣賞。他們既感懷才不遇，諷刺文類 (satire) 便成了最佳的修辭武器。波普寫詩，史威夫特寫散文，對時局、權貴以及人性中的愚昧邪惡，加以取笑貶損。諷刺文類嬉笑怒責世風日下，專門揭露黑暗面，與當時歌頌「前進」（progressiveness）的價值觀的大眾文化與國家政策，自然是扞格難合的。波普鼓吹荷馬、維吉爾和歐維德的文學成就，史威夫特將人性的素胚喻為犽狓 (yahoo)，譏諷未受教育的人與禽獸無異。這種眷戀高蹈文化，認為文學無國界且超越時間的普遍論，和當時逐漸邁向科技和殖民霸業的英國，完全是背道而馳的。波普珍視維吉爾的榜樣，企圖刻劃永恆的人性，嘗試寫田園詩、牧歌和史詩；史威夫特深感今昔之殊異，反覆討論「古今之爭」(Ancients vs. Moderns) 的價值落差。兩人自詡為人文主義的捍衛勇士，和新崛起的文丐街文匠 (Grub Street hacks) 進行鬥爭，抗拒他們大量生產的新聞性、煽情和瑣細饒舌的期刊及小冊。

波普和史威夫特被稱為「鬱抑的諷刺作家」(gloomy satirists)，自負才氣橫溢有為有品，不齒與譁眾取寵的文字掮客同流合污。波普

在《文丑傳》 (*The Dunciad*) 中表露出時不我予的焦慮，把新興澎湃，追求新潮與現世庸俗的市井品味比喻爲末世的洪流烈焰，逐步吞噬文明的光與秩序。史威夫特寫《澡缸的故事》 (*A Tale of a Tub*)，用諧擬的手法，摻揉教義寓言（三兄弟各自父親處繼承一件衣服以及一份保養衣服的遺囑）和扯淡 (diggressions，諸如作者新作通告、獻詞等)，模仿三流作家的拙筆。《格烈佛遊記》 (*Gulliver's Travels*) 對惠格黨政客及人性之惡，更有辛辣的譏刺。「塗鴉會」 (Scriblerus Club) 是當時托利黨文士的核心團體，除了波普和史威夫特兩位大將之外，還包括女王御醫亞布士諾 (John Arbuthnot)、劇作家蓋約翰 (John Gay)、康格里佛 和詩人帕耐爾 (Thomas Parnell) 等，以「挪揄虛假的學問與品味」爲創會的宗旨。

廟堂文學與市井文學之爭，在約翰笙的寫作生涯中呈現出奇妙的轉折。約翰笙年少時運乖家貧，曾譯文爲生，婚後在家鄉利區園辦學校，不堪賠累，只好單身前往倫敦，賃居文丐街 (Grub Street) 寫稿（包括散論、英文和拉丁文詩、傳記和國會辯論文詞）投給《紳士雜誌》 (*The Gentlemen's Magazine*) 登載。這份月刊由開燕 (Edward Cave) 創於一七三一年，原以轉載爲主，無所不包，爲史上第一本月刊「雜」誌。到一七三九年時，約翰笙已經成爲主要的撰稿者，轉載日少，逐漸有了正派經營的風格。約翰笙的聲名也和這份雜誌同步成長。一七三八年約翰笙出版諷刺詩〈倫敦〉 ("London")，仿效朱文納 (Juvenal)，一七五五年出版《字典》 (*Dictionary of the English Language*)，他在文壇的泰斗地位於焉確立。

約翰笙舊學學養深厚，賡續波普和史威夫特兩人的新古典主義信

念。〈倫敦〉和〈貪願無益〉（"The Vanity of Human Wishes"）
兩首諷刺詩譴責人性中的貪婪與自私，咸認為是古典諷刺詩的最後奇
葩。《字典》的出版使他名利雙收。當時，法國與義大利已有國家學
院編印標準版字典供國人使用，英國尚無，對英語的拼字、語音和字
義的辨疑，仍是莫衷一是。一七四六年一群倫敦出版商鑑於文化使
命，也基於商業眼光，委請仍未出名的約翰笙編纂英國史上第一部字
典。約翰笙耗時九年，由六名兼職助理協助，搜集四萬字，每字均附
定義和例示，出版了兩大巨册的對開本。這本字典除了定義詳盡正
確，至今仍被許多字典延用之外，它提供的例示多出自英國文學名
家，自席德尼（Philip Sidney）、密爾頓至十八世紀當代作家，也可
以視為一部文學嘉言錄。

　　約翰笙可以說是自席德尼、密爾頓、德來頓和波普以來的另一位
文學通才，詩文俱佳。他編修《莎士比亞全集》，辦刊物（*The Rambler*,
*The Idler*），也為英國詩人作傳（*Lives of the English Poets*）。
他篤信文以載道，強調文學記錄人性的通則，這些都是他承襲自古典
文學的遺產。他尊重權威，但不死守教條。政治上，約翰笙一生歷經
安妮女王與三位喬治國王，保皇乃因守臣民之分，反對美洲殖民地獨
立，也是基於他一貫對秩序與安定的堅持。

　　新古典主義歷經時代的變遷與新興思潮的衝激，在演進過程與最
後衰微的百年中，由主流成為旁支，接受了許多挑戰。新古典主義的
文學觀並不排斥山水自然。波普青年時期便曾以〈田園詩〉（"Pas-
torals"）和〈溫莎森林〉（"Windsor Forest"）兩首詩引起文壇注
意。他模仿希羅古典詩人的詩觀，引導新古典主義的詩人將創造力投
注於描寫現世與人性，努力重振史詩、諷刺詩和詩論等文類。他前後
的德來頓和約翰笙也都有這種復古的抱負。他們心目中和筆下的「自

然」指的是人性的通則，而不是外在的環宇草木。以「雄偉」爲詩的
意境，闡釋山水自然中充塞的「靈」，以及個人與自然的靈通，這些
主題首先出現在湯普生 (James Thomson) 於一七二六年出版的〈冬
天〉("Winter")一詩。到了世紀中葉，說理載道的諷刺詩與抒情言志
的山水詩，勢力逐漸消長，感性詩的陣營出現格雷(Thomas Gray)、
考林斯 (William Collins) 和史默特 (Christopher Smart) 等人，
而諷刺詩在約翰笙之後，則僅有丘吉爾 (Charles Churchill) 一人，
並且經過質變，加入甚多自傳與懺悔的語調，已不復舊觀。

　　感性價值觀日益抬頭，在文學上的表現有數端。「墳場詩派」
(The Graveyard School) 指模仿勃來爾 (Robert Blair) 和楊格
(Edward Young) 的一群年輕詩人，將感性推衍成憂鬱、冥想死亡
與哀傷。詩人的角色不再是有如神祇的創造者，而是沈思內省的懺悔
者。諷刺詩中擠擠攘攘的「人、道德和風情世故」(men, morals
and manners) 被內在的思維和個人的靈視所取代。

　　諷刺詩日漸衰微，代表了新古典主義文學的沒落。一七四〇年代
中期，波普和史威夫特相繼辭世，一七四九年約翰笙出版了〈貪願無
益〉，純粹的（符合文類成規的）❶諷刺詩成爲絕響。而同樣的十年
中，小說界人才佳作輩出，最重要的有理查遜(Samuel Richardson)
的《潘蜜拉》 (*Pamela*)（1740）和《克拉麗莎》(*Clarissa*)（1747）
以及菲爾定 ( Henry　Fielding ) 的《約瑟夫安德魯斯》 (*Joseph
Andrews*)（1742）和《湯姆瓊斯》(*Tom Jones*)（1749）。理查遜和
菲爾定兩人被視爲英國小說傳統的兩大源頭，各代表陰柔與陽剛的文
體，對後世感性小說和史詩小說的發展，有深遠的影響❷。

---

❶　請參見本書〈語調和說話人：諷刺詩的修辭傳統〉一章。

❷　請參見本書〈英國小說探源：文化歷史論〉一章。

學者多認爲,現代的寫實小說起源於十八世紀英國,與中產階級的形成和女性讀者的增加關係密切。但是,這並不是說,十八世紀之前沒有散文體的虛構故事。寫實小說一詞本身便是個弔詭,意涵虛實相倚互生,以及藝術與人生之間的若即若離的辯證關係。古希臘的傳奇和中古歐陸的仿作,以及文藝復興時期英國本土的言情敍事體、罪犯故事,甚至班揚的《天路歷程》,都可以說具有小說的初胚,依賴散文的讀者群。但是,眞正表達中產階級意識型態,以及凸顯女性角色的小說家,則以狄福 ( Daniel Defoe ) 和理查遜爲先驅。小說文類的發展和小說作者經營中產階級與女性讀者群大有關係。最有效的策略是以他/她們的生活經驗做爲題材,而以他/她們的欲求做爲主題。早期散文傳奇中的超越現實的人物和事件,精緻婉約的修辭等都已過時,小說塑造的世界是平民讀者熟悉的日常世界,作者在刻意建構的似眞的世界中,傳達中產階級所擁抱的「前進」的意識型態(例如白手起家的觀念),處理並試圖解決女性讀者所關懷的議題(例如婚姻歸宿等)。

從狄福到世紀末的奧斯婷 ( Jane Austen ) ,小說文類由雛型而發育完備,中間歷經許多其他作者的努力,例如 菲爾定 、 史模立特 (Tobias Smollett) 和史登恩 (Laurence Sterne) 等。小說所強調刻劃的寫實氛圍和栩栩如生的人物、可信的情節,以及或多或少的勵志的主題,都使得它有別於附屬於菁英社會的傳統文類。隨著平民意識的抬頭和產業社會的來臨,都市化和通俗化的趨勢助長了小說的茁壯,也宣告了新古典主義的沒落。個人的活力取代了集體的秩序,成爲道德的新準繩;俗世的成就取代了身家背景,成爲價值的新圭臬。小說的發展和十八世紀前葉英國的社會變遷齊頭並進,也和意識型態的流變互相呼應。

　　新古典主義由盛而衰的三、四十年期間，約翰笙成為最後的中流砥柱。他的兩首諷刺詩〈倫敦〉和〈貪願無益〉模仿古人，與小說所標榜的寫實和山水詩所倡舉的與自然神交，背道而馳；他的文學理論堅持德來頓和波普所堅持的通性與常理（generality, common sense），言必稱頌荷馬與維吉爾；他的《字典》也負有衛道使命，力圖以標準化來抗拒日常語言的多變傾向；他的詩仍以英雄對句（heroic couplet）寫作，散文的詞藻句型則刻意保留古風。這些品味和當時逐漸得勢的平民或「浪漫」的品味是扞格不入的。但是，約翰笙的「鳥瞰」式的視野——如〈貪願無益〉一詩首行所顯示（「讓『觀察』之神極目遠眺／放眼人間環宇，從中國到祕魯」）——賦予他的詩作以評論人性的廣度，而他所堅持的常理與人性的通則，則使他避免空洞的說教。新古典主義的理想由約翰笙總集其成，發揮得淋漓盡致。等到世紀末浪漫主義運動正式揭櫫而起，文學史上又出現一個新典範，新古典主義自然退居末流的地位，除了在拜侖詩中猶留有片爪星羽之外，可以說是消匿無蹤了。

# 第二章　語調和說話人：
## 諷刺詩的修辭傳統

　　諷刺詩（verse satire）是西洋文學中雖小但卻相當特出的一種文類。它有兩千年的創作歷史，自西元前第二世紀始，至西元後第十八世紀式微。在傳承上，古典羅馬時期和十八世紀的英國，是兩大盛世。西方諷刺詩的發展兼有橫的移植與縱的繼承，其衰替也有明顯的脈絡可尋。文類的定義甚難，諷刺詩即是一例。約翰笙在其一七五五年編就的字典中，有如是扼要的描述：「諷刺詩者即爲痛詆邪惡或愚昧之詩作」（"a poem in which wickedness or folly is censured"）。約翰笙一生提倡通性，不鼓勵明辨殊相，此一簡述可以見出他一貫的原則，只強調主題之同，而不細究形式之多樣性。但是，諷刺詩雖然衛道的大主題一致，都志在獎善懲惡，用以匡正世俗，其實可資解析之技巧頗多，正所謂榛榛密林之中不乏豐姿各異之木，在它兩千年的衍化過程中，有其可觀的特色。何瑞思、朱文納、德來頓、波普和約翰笙是最有貢獻的幾位詩人。諷刺詩既是衛道詩，它的道德使命的成敗便繫乎它的修辭技巧（rhetoric）。如眾所周知，修辭學是古典希羅時期延續至文藝復興的人文傳統教育的「三藝」（trivium）之一（其餘二門是邏輯與文法），是「四藝」（quadrivium，即數學、音樂、幾何、天文）的先行學科。修辭學簡而言之即「說服人的藝術」（the art of persuasion），亞里斯多德、西塞羅（Cicero）和昆替連（Quintilian）皆有專論，不但詳述其各種技巧，更分析了

各個技巧可預期的效果， 用在演說及寫作上， 對使用者有莫大的助益 ❶ 。諷刺詩中最常見的修辭技巧有二： 語調（tone ）的控制和說話人（the speaker）的造型 。 這兩種技巧在不同的詩人手中， 各有不同的面貌。諷刺詩的歷史演進和它有別於其他文類的修辭藝術息息相關。

# 一、諷刺詩的起源

以諷刺為目的的詩在西元前五世紀的希臘已有， 但是只能算是罵人的短長格體（iambics）， 音節短長相間， 語調適合用於貶損誇大，但缺少美學的經營。阿其陸克士（Archilochus)有一詩集名《短長格詩》（*Iambics*)， 但有名無詩， 據稱是希臘諷刺詩的鼻祖， 曾經撻伐利肯姆（Lycambes)父女， 使其羞而自縊。西元前第二世紀時正式有諷刺詩的名稱出現， 羅馬人認為是他們的發明， 而非襲自希臘 ❷ 。英文 satire 一詞有兩個拉丁文字源: 其一為 *satira* (speech) ， 其二為 *satura* (即 *satura lanx*, 什錦拼盤之意)。此二義皆與諷刺詩的形式與題材有關。諷刺詩的修辭傳統之一， 為其第一人稱的敍述型態，即詩中有一說話人（或稱為詩人之代言人 persona) ， 所述 ( 其語speech) ❸ 為其所見所聞， 對時局人世的不滿， 或怒、或怨、或嘆，以此諄諄之言， 希望收勸誨之效。此外， 說話人明言， 世道人心之敗

---

❶ Aristotle, *Rhetoric*; Cicero, *De Oratore*; Quintilian, *Institutio Oratoria*.

❷ 昆替連言: "Satira quidem tota nostra est" （「諷刺詩完全是我們所獨創」）。見 *Institutio Oratoria*, X, i, 93.

❸ 何瑞思稱自己的諷刺詩集為 *Sermones* （《語譚》）也是取的這層古義。

壞非單一或獨立之個例，而是舉世皆然，因此他舉例引譬力求多樣完備，有如什錦拼盤，用以反映「人類的千般行爲」❹。融合這兩層意義，諷刺詩人特意經營説話人的形象及其語調，奠立了諷刺詩的兩大傳統技巧。

　　羅馬諷刺詩的寫作以西元前二世紀的盧機留士 (Lucilius) 爲最早，但作品大多失散，傳下來的有一千三百餘行，皆爲十二音節的六步格 (hexameters)，以怨毒的語調著稱，但是嘲諷當代的都市、鄉下、政治、社會等方面的頹敗並無特別引人的深度。盧機留士的重要是歷史性的，何瑞思稱他爲「諷刺詩的發明人」，和朱文納兩人皆以其門生自居。

　　諷刺詩眞正發展成一個文類，自何瑞思 (65-8 B.C.) 和朱文納 (A.D. 60-130) 開始。何、朱各自樹立獨特的文體，涇渭分明，不僅在他們的時代各領風騷，而且影響所及，後世的英國諷刺詩人也以兩人爲宗師。何、朱兩人由於性情、際遇及所處時代的差異，在題材的選擇與處理上都有饒富趣味的不同。何瑞思家道小康，從軍、爲吏，得維吉爾的引薦，獲米西奈斯 (Maecenas) 的慷慨贊助，其後又在奧古斯都的昇平治世安享餘年，故而所思所言皆平和內斂。何瑞思著作極多，諷刺詩只是其中部分，收成二册，總名《語譚》(Sermones)，主題有論人、勸世、論風俗等。二册詩集共有十八首詩，文體一貫，在語調方面儘量平易白話、從容詳和，用委婉的反諷 (irony)，期能勸人而不傷人，警世而不憎世。此外，何體的説話人造型突出，在各詩中雖以不同的面貌出現，但是評論中肯，不偏不激。何瑞思較出名的幾首諷刺詩都有這種通情達觀的特點：第一册第一首詩點破「人心不足」的劣根性，分析守財奴的心態，告誡新起

---

❹　朱文納的名句 "quidquid agunt homines"。見 Satire I, 85.

的商人階級不可囤積財貨，要約束自己，才不至於和金錢做必輸的競賽，而失去心靈的快樂。第二首談論中庸之道，告誡縱欲必致乖背倫常。第三首談友必忠信。第九首寫他自己被一初識之人糾纏，要求代為謀職，在街上急欲脫身而不能的窘狀，以為交損友者戒。第四首和第十首主題類似，一方面答辯外人對他的誤解，一方面也抒發自己寫諷刺詩的抱負。這十首詩在主題上率皆老生常談，而說話人一貫地採取低姿態，立論力求謙和自省，有時不惜調侃自己，以引人好感為說教的初步手段。第二冊諷刺詩改獨白為對話形式，但是第一人稱的說話人仍是主角。第一首重申他對諷刺詩衛道功能的信心，「我」決計不畏艱險、不論榮辱，向邪惡挑戰，是位比第一冊中更堅強成熟的樸質君子；第二首論寧靜澹泊的益處；第三首歌頌勤勞、貶責怠惰；第四、第八首申述美食饕餮之害；第五首描寫爭奪遺產的不肖子孫；第六首記鄉居田耕之樂；第七首闡釋哲人無欲的胸襟，而嘆凡夫俗子之役於私欲。

到了朱文納時代，何瑞思的溫柔敦厚的語調與說話人的造型有了極大的轉變。朱文納盡除何體的曲意委婉，而將諷刺詩本質中所固有的侵略性發揮得淋漓盡致。如果說何體諷刺詩有如爐側知己的靜言，朱體諷刺詩則如當頭之棒喝，自高而下，直指門面，令人無所閃躲。何瑞思死後五十年朱文納方生，時當暴君杜米仙（Domitian）統治的時代。朱文納生平可考資料不多，他的詩裡也鮮少提及私事，和何瑞思不同。朱文納的諷刺詩留傳下來的有十六首，也是十二音節六步格，分成五冊，各收五、一、三、三、四首詩。在開宗明義第一首詩中他首先稱頌盧機留士和何瑞思兩人，接著表明自己寫作諷刺詩，乃出於一腔義憤（saeva indignatio），見世風日下而無法抑止撻伐之心。和何瑞思相同，朱文納此舉也是為建立說話人的可信度（或謂

ethos，品格）。由此以降，朱文納明白揭示自己和何瑞思的分野：他慷慨激昂，不似何瑞思之從容委婉；分別是非善惡的能力他與何瑞思殊無二致，但是他的修辭手段是直接而猛烈的。

　　朱文納諷刺詩的題材和主題由總目中可見大要：㈠吾不能不寫諷刺詩；㈡寡廉鮮恥之道學家；㈢城市與鄉村之別；㈣比目魚的故事；㈤慳吝主人與厚顏食客；㈥論女人；㈦論學問之爲賤業；㈧論倚仗門第祖蔭之不當；㈨哀哉罪人；㈩人生萬願總是空想；㈡奢侈與樸實的對比；㈢喀達勒士海難遇救記；㈢良心的譴責；㈢以身作則；㈢埃及人之酷行；㈢論軍人的免稅權。除第一首言志，第四首講一美食者爲了一條燒壞味道的比目魚而哀傷如喪考妣，第六首攻擊背夫通姦的女人，其餘各首的主題悉如其名稱。這些主題全是傳統保守的老生常談（commonplaces），是修辭學家常用以練習技巧的綱目，和何瑞思的道德主張並行不悖，但是朱文納的表達形式和何瑞思迥異。朱體的語調冷峻嚴厲，雄辯的氣勢有如講壇上的佈道家或政治家，故意捨棄何體口語交談的閒適而刻意營造辯才無礙的氣氛。朱體諷刺詩一如何體，仰仗一位說話人來陳述論點。這位說話人敢言人之不敢言，因爲在他眼中，「羅馬正處於空前未有的罪惡的豐收期」❺。綜而言之，何體重收斂隱義，朱體則直接明言，何體論人評事多留餘地，朱體則追求一語驚人的震撼力。朱文納師承何瑞思，但是故意獨樹一格。何體與朱體文字與修辭技巧的差異，可以比較何詩第一册第九首與朱詩第六首得見。何瑞思以詼諧白話的語調敍述「我」行走街頭遭人糾纏的無奈，其中沒有惡言，但是惡人的無聊行爲躍然紙上❻：

❺　Satire I, 87.
❻　英文譯文出自 *The Satires and Epistles of Horace*, tr. Smith Palmer Bovie. Chicago and London: The University of Chicago Press, 1959. 與 *The Satires of Juvenal*, tr. Rolfe Humphries. Bloomington and London: Indiana University Press, 1958.

I was walking down the Sacred Way, my usual route,

Turning over some lines in my head, completely absorbed.

A man I knew only by name ran up, seized my hand:

"How are you, my dear old fellow?" "Just fine," I
    answered,

"The way things are going. I hope you are getting on
    nicely."

When he kept up with me, I thought I'd forestall him
    by asking.

"There's nothing I can do for you, is there?" "Oh, yes!"
    he shot back,

"Get to know me. I'm quite avant-garde." "Oh, good,"
    I replied,

"I like you for that." Trying awfully hard to shake
    him,

I went on faster, while sweat streamed down to my
    ankles.

我在聖賢道上閒逛，老習慣，

腦中儘在推敲這行詩那句文，目不斜視。

突然，一個點頭之交欺近身旁，抓住我的手，說道：

「貴體可安？親愛的老友？」

「還可以，」我回答，「也祝你萬事如意。」

我們併排走著，我先發制人，問他：

「大概沒有我能效勞的吧？」「有，當然有！」

他回我一槍，說：「好好認識我，我很前衛的。」

「很好，」我答，「我就喜歡你這樣。」

為了擺脫他，我愈走愈快，……汗水嘩啦啦地流向腳踝。


與何詩的「白」相對比的是朱詩的「文」。朱文納在字彙和句型上都特意製造艱奧粗魯的效果，說話人在抨擊淫婦時深入古典神話引經據典，而且語調強悍，咄咄逼人有如判官。說話人提到遠古農神沙騰 (Saturn) 時代，人類猶在穴居時曾偶而出現貞女烈婦，接著隨即轉而批評當代的女人。他問：

Do you think our arcades can supply a woman worth
　　your devotion?
Do the rows of our theatres hold one you can love
　　without anguish,
One you could choose from those tiers? Tuccia wets her
　　pants
Watching the soft Bathyllus dancing the ballet of Leda.
Appula sighs or cries as she does in the climax of passion.
Thymele watches both, the sudden comers and slow ones.

今日之世可有值得尊崇之佳人？
環顧商店與戲園裡一波一波的女軍，何人能叫人傾倒？
何人值得妳愛而無怨？
巴希勒斯舞出莉達的恣肆，
吐茜亞即刻春心大動；
你的阿布里女婢雙唇微啟，嚶聲連連；
賽梅兒看得入神，初識男女間事。

為了突出諷刺的對象，諷刺詩人在取樣上故意有所偏頗。西元初的羅馬自然也有善良的女人，但是為了加強他「諷刺意境」的說服力，朱文納寫入詩裡的全是反面人物：偷情的少婦、刁惡的岳母、妒婦、當淫媒的奴隸少女，而以弒夫的婦人做為高潮結束。朱文納文字露骨，有批評者指他「誨淫」（scabrous）。但是，朱體的「寫實」實乃修辭手段，並非目的。德來頓對何瑞思與朱文納兩人間修辭方法的強烈對比曾有精闢的結論：「何瑞思志在引讀者發噱，……而朱文納則要引他發怒。❼」笑與怒正是古來諷刺詩人致力誘導的兩種讀者反應：見人之愚騃而生譏笑之心，觀人之邪惡而生義憤，可以視為道德改革的發端。何、朱兩種極端不同的修辭手段形成兩種典範，對英國諷刺詩人影響極大。

# 二、英國的諷刺詩

### 1. 中古與文藝復興時期

英國文學發展至中古時期末（五世紀末至十四世紀末）已經形成兩大主流：以宮廷品味為主的俗世文學和基督教會主宰的宗教文學。古典諷刺詩地位不彰。中古文學文類繁雜、題材漸趨平民化，在主題與形式上皆比古英文文學更有可觀❽。但是這個時期的兩大作家凌瀾（William Langland）和喬叟的作品雖不乏諷刺精神，卻沒有可劃分為諷刺詩文類的。換句話說，此時期雖有嘻笑怒罵之作，卻無在形式上鮮明地延襲古典諷刺詩傳統的。喬叟崇尚法國的俠士傳奇

---

❼ "A Discourse Concerning the Original and Progress of Satire," *Essays*, II, 86.

❽ 此一發展過程及詳細情形不屬本文討論範圍，此處從略。

(chivalric romance)，將高盧民族的浪漫嫵媚揉入陰鬱的安格魯撒克遜民族性中；他也自義大利文學擷取靈感，但是選擇的不是古哲何瑞思或朱文納的範例，而是時人薄伽丘（ Boccaccio ）的才子佳人傳奇。因此，以喬叟掛帥的宮廷文學所培植強調的價值觀與時尚，基本上不利於諷刺詩的萌芽與成長。另外一方面，教會宣揚教義也利用文學。基督教的厭世觀、禁慾潔身和行善積德等教義雖然和古典諷刺詩的一貫主題相同，但是教會文學常見的形式如講道 (homily)、怨嘆 (complaint)、神祕劇 (mystery play) 和道德劇(morality) 等，採用諷刺詩的傳統修辭技巧的絕無僅有。反教會的文學以凌瀾爲代表，其長詩《皮爾斯農夫》（ *Piers Plowman* ）攻擊教會的腐敗，但是所用的修辭意象仍植根於正統的基督教教義: 謙卑、認罪、離惡趨善、固守生命的大道（上帝），以及視人爲行者過客，以天堂爲家園等。喬叟雖也攻擊不守清規的教士修女、販售贖罪券等，但是攻擊的言語中帶有幾分寬諒與欣賞，缺少一股「除惡務盡」的執著。質而言之，諷刺詩的二大技巧——「語調」和「說話人」的形象——喬叟和凌瀾都未曾經營。

英國詩人眞正著意模仿古典諷刺詩 ，始自魏亞特（ Thomas Wyatt)， 是文藝復興運動中復古的一部分成果。魏亞特在〈致波恩茲詩簡〉（"My Owne John Poyntz"）中有以下的幾句:

> I am not he such eloquence to boste,
>> To make the crow singing as the swanne,
>> Nor call the lyon of cowarde beste the moste,
> That cannot take a mows as the cat can:
>> And he that diethe for hunger of golld

Call him Alessaundre, and say that Pan

Passithe Apollo in musike manyfolld;

Praysse Syr Thopas for a noble tale,

And skorne the story that the knyght tolld;

...

None of these poyntes would ever frame in me.

My wit is nought, I cannot lerne the waye:

...

This maketh me at home to hounte and hawke

And in fowle weder at my booke to sitt.

In frost and snowe then with my bow to strawke;

No man doeth marke where so I ride or goo;

In lusty lees at libertie I walke,

And of these news I fele nor wele nor woo…

(11. 43-51, 56-57, 80-85)

我不如人，沒有辯才，

不會說烏鴉啼聲賽天鵝，

不會說獅子不是貓不逮老鼠便是獸中懦夫，

不會說人為財死勇若亞歷山大，

不會說潘恩奏樂比阿波羅悅耳數倍，

不會說騎士講得一塌糊塗，

托帕茲的英雄故事才好聽；

……

這套本事我全不會。

我生性愚鈍，學不來。

……

家居打獵放鷹我在行，

天氣不好，和書做伴。

攜著弓箭披霜戴雪，

人不理我往那裡去；

我自悠遊於風雨圈外，

朝中蜚言流語於我何礙……

這首短詩寫於一五三六年，是時亨利八世廢安寶琳，遷怒於魏亞特，削其職位，他有感於朝廷忠奸不辨，小人當道，而寫此詩一抒怨氣。詩中交織數條脈絡：英國本土文學典故（喬叟筆下的騎士和托帕茲），希羅歷史與神話（亞歷山大、潘恩、阿波羅），以及諷刺詩的傳統技巧。前二者的反諷意向很明顯：詩人說他不以阿諛邀寵❾。最值一提的是後者：詩中決意歸隱山林的「我」，有何瑞思的謙沖，也有朱文納的剛直，何詩（第一冊第四首）與朱詩（第三首）的體例清楚可見；語調以反諷為主，於委婉中透出力量。魏亞特其他的諷刺詩中也有這些古典諷刺詩的技巧❿，他是當時注意到，並且運用，這個文類特點的第一人。有他領頭復古，諷刺詩才逐漸在十六世紀末成為英詩的一個主要形式。

　　十六、十七兩個世紀相交時正值伊麗莎白王朝的尾聲，朝廷的光華漸晦、氣勢日弱，尤其王位的繼承懸而未決，社會普遍瀰漫著疑慮與不安。政局不定，宗教紛爭日熾，文人也往往涉入世局，以筆代

---

❾　潘恩是半人半羊的牧神，風采及樂才遠遜於太陽神。喬叟的《坎特伯里故事》中，騎士講的是莊重正派的俠士傳奇，托帕茲是喬叟假托的替身，講的故事拉雜低俗，是俠士傳奇的諧擬（parody）。

❿　這些諷刺詩在他生時只以手稿形式在朋友間傳閱，一五五七年出版，收入 *Tottle's Miscellany*。

口，充當時代的喉舌。自一五九〇年以後， 英國本土的文類如田園詩，歐陸傳入的文類如俠士傳奇等，都已不能滿足一個動亂時代倫敦大都會中渴望參與、急於行動的創作心靈。於是以城市為主要諷刺題材的古典諷刺詩， 在當時的詩人看來， 便是靈感的泉源與創作的借鏡。

朱文納的粗礫的文體當時人覺得更能反映他們的心情，何瑞思的文體他們以為失之過於溫婉，無法表達他們的世紀末的怨懟與惶惑。探討諷刺詩的主旨與韻體的文章紛紛出現， 一再強調「譏亂世用重語」這個觀念。 普特南 (George Puttenham) 替諷刺詩人下的定義是: 「圖以疾言厲色斥責眾人罪行之人」 ("one who intended to taxe the common abuses and vice of the people") ⓫。霍爾 (Joseph Hall) 主張諷刺詩應該「主題強硬而文體嚴厲」 ("hard of conceipt and harsh of stile") ⓬。馬士登 (John Marston) 詩集名《鞭答惡人惡行》(*The Scourge of Villanie*) 更是直接表明了其形式與內容。

這種異口同聲主張採取高壓手段的論調，一方面源自當時詩人及批評家對朱體諷刺詩的偏好，另外一方面也由於他們對 satire 一字的不同詮釋所造成。前文提過，羅馬人以發明諷刺詩自豪（請見⓬），認為這個題材無所不包的文類是他們的專利。到了十六世紀末，英國文人更將 satire 一字（當時拼為 satyr）與 Saturn （農神）及 satyr （半人半羊淫蕩粗鄙的森林精怪）聯想附會。若依前解，則諷刺詩人（詩中的說話人） 理所當然應該板起臉孔說教 （按農神個性陰沈嚴肅）; 若依後解，則諷刺詩人口無遮攔，為揭發奸邪而出言無諱，也

---

⓫ *The Arte of English Poesie* (1589), sig. Eivv.
⓬ *Virgidemiae* (《杖答》), in *Poems*, bk. V, Sat.

是不得不然。當時執牛耳的批評家普特南和拉吉（Thomas Lodge）皆推許這種尖刻露骨的文體（bitterness and bluntness）。普特南以爲，諷刺詩即古希臘之「森林精怪劇」（satyr play），亦即「舊喜劇」（Old Comedy）的前身；兩者皆以森林精怪爲主角，貌醜嘴利，語多淫穢，用以叱責人的愚昧和邪惡❸。總而言之，伊麗莎白時期諷刺詩中的説話人形象極不可親：不滿現狀、吶喊威嚇，是個毫不妥協的衛道者。朱文納的咄咄逼人的文體，他們認爲是遏止敗德的唯一武器。霍爾的詩行是最好的注解：

> The satire should be like the porcupine,
> That shoots up sharp quills out in each angry line,
> And wounds the blushing cheek, and fiery eye,
> Of him that hears and readeth guiltily. ❹

> 諷刺詩當如豪豬，
> 每行皆帶衝天怒氣，挺出尖利的鋼毛，
> 刺入有罪的聽者和讀者
> 羞紅的臉頰和冒火的眼睛。

霍爾和馬士登爲首，帶動「以罵制惡」的諷刺詩的風潮，所攻擊的對象有部分仿古，當年羅馬前輩所叱罵的，他們也循例痛詆❺，但是大部分的對象都是當前社會與經濟方面的怪狀。霍爾揭露圈占公地私用（inclosure）、房東壓榨房客、地主剝削佃農：

---

❸　請參見❶。
❹　*Virgidemiae*, V. III. 1-4.
❺　例如僞善、貪婪、饕餮、縱慾等，都是傳統的諷刺對象。

When perch't aloft to perfect their estate,

They racke their rents unto a treble rate;

And hedge in all the neighbour common lands,

And clogge their slavish tenant with commaunds. ⑯

高踞豪邸華廈猶嫌不足，

逕將佃租加價三倍；

續把鄰近公地全給築籬圍起，

再來對奴隸般的佃農予取予求。

囤積穀物壟斷市場也是當時一惡：

Ech Muck-worme will be rich with lawless gaine,

Altho he smother up mowes of seeven yeares graine,

And hang'd himselfe when corn grows cheap againe. ⑰

每條糞蛆大發非法之財，

但是就算他倉中囤有七年之糧，

穀價滑落時他就要去上吊。

類似的例子不勝枚舉，語氣強硬威嚇，文字不雅，反映諷刺詩人的衛道熱忱。

惡欺善、富壓窮，都是文學的古老題材。如此種種人性弱點在西元前三世紀狄奧非士脫（Theophrastus）早已勾勒出來。到了十六世

---

⑯ *Virgidemiae*, IV. II.

⑰ *Virgidemiae*, V. VI.

紀的英國詩人手中，這些劣根性披上都鐸王朝的外衣，演出一齣切中時弊的道德劇。在這層意義上，諷刺詩人特別「入世」。但是在另外一方面，諷刺詩人也刻意仿古，他的詩作呈現的是他本身對這個文類修辭傳統的掌握，以及他對何瑞思和朱文納兩個體例的取捨運用。一六〇〇年左右，朱體諷刺詩充斥文壇⓲，其中甚多卑鄙的人身攻擊，使得不擅玩弄文字的一般人惶恐不安，自覺如砧上魚肉。政府當局於是出面干涉，禁止新作出版，並且焚毀了已出版的部分諷刺詩。至此，借托朱文納和「森林精怪」傳統的「咬人諷刺詩」⓳乃暫告沈寂。十六世紀最後的十年期間，朱體諷刺詩在英國如火燎原，詩人爭相以「聲勢」取勝：喊得愈大聲、罵得愈兇，就愈能惹人注意。歷史證明，霍爾和馬士登的重要性是「文學史」的，而不是「文學」的。當年較含蓄收斂，未嘗迎合時尚的鄧恩（John Donne），反而能夠歷久彌新。

　　鄧恩生於一五七二年，父親是商人，母親是戲劇家海渥德（John Heywood）之女，和摩爾（Thomas More）是親戚。鄧恩的雙重出身使得他一方面具有中產階級的都市性，另一方面也使得他濡染了貴族階級的書香氣。以羅馬城市生活為中心題材的古典諷刺詩對他深具吸引力，乃是很自然的。他熟讀何瑞思和朱文納，一五九三年至一五九八年間寫的五首諷刺詩都以他們兩人為範本，題材背景雖然取自倫敦，描寫其中的善惡是非，但是語調和說話人，很明顯地是何、朱體

---

⓲　計有 William Rankins, *Seaven Satyres* (1598); John Weever, *Epigrammes*; Thomas Middleton, *Micro-Cynicon* (1599); Cyril Tourneur, *Transformed Metamorphosis*; Samuel Rowland, *Letting of Humours Blood* (1600) 等。

⓳　霍爾自稱其 *Virgidemiae* 四、五、六三冊為 "Byting Satyres"。這類諷刺詩於復辟時期再出現時已經是另外一副面貌。此點容後敍述。

的翻版。何瑞思喜歡用對話和其他戲劇常用的方法來間接達到諷刺效
果，例如《語譚》第一册第九首描寫「我」遭朋友在街頭糾纏的苦
狀。鄧恩的第一首諷刺詩寫的也是這類都市特產的無業遊民。這首詩
語調和緩，利用獨白、對話和類似舞臺指示的動作描寫，把這類人的
無聊與可鄙刻劃得入木三分：


Away thou fondling motley humorist,

Leave mee, and in this standing woodden chest,

Consorted with these few bookes, let me lye

In prison, and here be coffin'd, when I dye.

(11. 1-4)

請吧，老兄，您既多禮、多點子，又善變，

別煩我，讓我在這間木室中

與書做伴，此地是我的

囚房，死時是我的棺槨。


來人不走，糾纏不休，詩人列舉以前種種與他出遊的不愉快經驗（比
如半路遇見另一朋友，棄詩人於不顧——故曰「善變」），他保證絕
不再犯，於是詩人只好再次允其所請：


But since thou like a contrite penitent,

Charitably warn'd of thy sinnes, doth repent

These vanities, and giddinesses, loe

I shut my chamber doore, and "Come, lets goe."

(11. 49-52)

既然你已知過悔悟，

以往的虛諾輕信暫別計較，看，

我這不正在關房門？「咱們走吧。」

到了街上，詩人後悔不已：此人本性難移，雖然有約在先，不得擅離詩人左右，但是他舉止極其輕佻猥瑣：

Now we are in the street; He first of all

Improvidently proud, creepes to the wall,

And so imprison'd, and hem'd in by mee

Sells for a little state his libertie;

Yet though he cannot skip forth now to greet

Every fine silken painted foole we meet,

He them to him with amorous smiles allures,

And grins, smacks, shrugs, and such an itch endures,

As prentises, or schoole-boyes which doe know

Of some gay sport abroad, yet dare not goe.

(11. 67-76)

我們到了街上，他一個箭步，

傲慢得很，先據了靠牆的內側，

竟為了貪小小的便宜❷，甘願犧牲自由，

囚禁在我和牆之間，施展不開；

但是，雖然出不來，不能拉住

---

❷ 兩人並行時靠牆的內側道路應該讓給長者走，外側容易有碰撞人車的危險。state（高）階級輩分。

這個、那個衣冠楚楚、濃裝艷抹的笨瓜寒暄，

他卻用微笑傳情，猛送秋波，

咧嘴而笑、咂唇作響、聳肩擺手、搔首弄姿，癢不自禁，

像煞學徒小工或在學頑童，知道

外頭有樂子，可是沒有膽子出去。


詩人接下來的技巧，就是讓這名「厭物」（bore）自己演出他的性格，也間接描寫詩人的厭惡與無奈，最後點出「惡有惡報」的道德教訓：


Now leaps he upright, joggs me, and cryes, "Do'you
 see

Yonder well favour'd youth?" "Which?" "Oh, 'tis hee

That dances so divinely." "Oh," said I,

"Stand still, must you dance here for company?"

Hee dropt, wee went…

At last his Love he in a windowe spies,

And like light dew exhal'd, he flings from mee

Violently ravish'd to his lechery.

Many were there, he could command no more;

He quarrell'd, fought, bled; and turn'd out of dore,

Directly came to mee hanging the head,

And constantly a while must keepe his bed.

(11. 83-122)

他突然雀躍三尺，用肘撞我，嘴裡嚷道：「看見

那邊那個蠻有人緣的小伙子沒？」「哪個？」

「就是那個舞得如凌波仙子的那個。」「噉，」我應道，

「好好站著，行嗎？你想陪他跳嗎？」

他停止了動作，我們繼續前進……

最後，他從一處窗口瞥見意中人在屋裡，

於是，如朝露乍蒸，從我身邊飄逝，

奮不顧身，尋歡去了。

競爭者眾，他敬陪末座；

於是吵罵、打架、流血；終於他給踢了出來，

垂著頭回到我身邊，

看來必須臥床好一陣子。


鄧恩的這首詩有極出色的戲劇效果，不說教，但是衛道的主題仍然清
晰有力地傳達給了讀者。傳統的「說話人」成了這齣諷刺「劇」的角
色之一，隱隱然在引導讀者遊歷於詩中的場景。詩人將他傳統的檢察
官和法官的角色讓給讀者去扮演，讓他們在良知的領域中去判斷誰是
罪人惡棍，從而去起訴、審判他們。

　　霍爾和鄧恩雖是同時代人，兩人的諷刺詩在理論依歸和實際寫作
風格上卻如南轅北轍：霍爾從一而終，朱文納的傳統是他唯一的圭
臬；鄧恩左右逢源，並不拘限於一家一派，他能活用何瑞思的含蓄，
也能模擬朱文納的奔放。他的第二首諷刺詩寫文人與法律圈子的敗
德，詩中的「我」語氣沈重，時做仰天之長嘆：

Sir, though　(I thanke God for it) I do hate

Perfectly all this towne, yet there's one state

In all ill things so excellently best,

That hate, towards them, breeds pity towards the rest.

(11. 1-4)

閣下，（感謝主），我雖然恨透了

這個城，但是其中有一種人

做惡的本領如此精湛，以致於

我對他們憎惡至極，對其餘的人因而滋生憐憫。

「一種人」指的是出賣文章巴結權貴的文人以及知法玩法的搞法律的人：

And they who write to Lords, rewards to get,

Are they not like singers at doores for meet?

And they who write, because all write, have still

That excuse for writing, and for writing ill.

(11. 21-24)

那些人專替達官貴人寫文章，想得點好處，

豈不像到人家門口唱歌討口肉吃？

這些人說，普天之下莫不如此，

於是理直氣壯地繼續寫，寫爛文章。

「我」說，無行的文人還有個副業——兼差律師 —— 行徑比娼妓不如。此處的語調及意象借自朱文納的第六首諷刺詩：

…a Lawyer, which was (alas) of late

But a scarce Poet; jollier of the state,

Like nets, or lime twigs, wheresoere he goes,

His title'of Barrister, on every wench,

And wooes in language of the Pleas, and Bench

…but men which chuse

Law practise for meere gaine, bold soule, repute

Worse than imbrothel'd strumpets prostitute.

(11. 43-64)

一名律師（天哪！）前些時

還只是一介詩人；神氣活現，

走到哪兒，一亮出律師頭銜，

就像撒下一張網罟，

用些法律術語追蜂捕蝶，沒有妞兒逃得過……

但是，這種狂徒將法律當作謀利工具，

比妓院中的娼妓猶不如。

這首詩以傳統的「哀哉今世」（*O tempore*）主題結束，詩人效法朱文納，追憶逝去的黃金時代，將滿腔的義憤化做一聲長嘆：

Where are those spred woods which cloth'd heretofore

Those bought lands? nor built, nor burnt within dore.

Where's th'old landlords troops, and almes?

…But (Oh) we'allow

Good workes as good, but out of fashion now,

Like old rich wardrops.

(11. 103-111)

> 那方私有土地上本是如蔭林木，
>
> 現今何在？未曾拿去做棟樑、薪火。
>
> 老一輩地主的僕從排場、好客厚道
>
> 現今何在？……唉，罷了，誰都知道，
>
> 勤謹敬業固然是美德，卻早已失色，
>
> 如過時的服飾。

詩人撫今追昔感慨萬千，都在「田園之美─都市虛華」的對立意象中表露無遺。詩人隱指：今日失去的豈僅是山林之美，更是植根於泥土，以老式鄉紳所代表的傳統道德。描寫城市，譴責孳長於城市的新貴階級，鄧恩在語調和修辭意象的運用上，都延續了朱文納的傳統。

姜生是十六世紀末唯一公開與霍爾和馬士登詩派劃清界限的諷刺詩人。姜生本性溫和，心儀何瑞思的儒雅委婉，自稱所寫的諷刺詩為「格言」(epigrams)，以和「咬人的諷刺詩」有所分別。在〈給我的書〉("To My Booke")一詩中，他說自己的詩裡沒有「苦艾、硫磺」("wormwood, and sulphure")，不咬人也不刺人；這些詩的目的在揭發邪惡，但是也褒揚善良，寫倫敦日益興盛的商業行為所帶來的腐蝕文化與人性的後果（以劇壇的墮落為代表），強調個人良知良能的可貴，同時也鼓吹鄉居的田園逸趣，以此為歸真返璞的唯一途徑。他的幾首諷刺詩（例如 "The Forest and the Underwood," "To Sir Robert Wroth," "Epode," "Ode To Himselfe"）都環繞這個中心主題發展，文字簡潔，不做驚人之語，其中以〈自我頌〉("Ode To Himselfe")為代表作，表現的是「歸去來兮」的淡泊豁達：

Come leave the loathed Stage,

And the more loathsome Age,

Where pride and impudence in faction knit,

Usurpe the chaire of wit:

Inditing and arraigning every day,

Something they call a Play.

Let their fastidious vaine

Commission of the braine,

Runne on, and rage, sweat, censure, and condemn:

They were not made for thee, lesse thou for them.

...

Leave things so prostitute,

And take th'Alcaike Lute;

Or thine owne Horace, or Anacreons Lyre;

Warme thee by Pindars fire:

And though thy Nerves be shrunke, and blood be cold,

Ere years have made thee old,

Strike that disdainful heat

Throughout, to their defeat.

(ll. 1-10, 41-48)

走吧，離開這座叫人生厭的舞臺，

和這個更叫人嫌惡的時代，

這裡只見傲慢與厚顏結黨，

篡奪了真才實學的王位：

每日呼喝叱咤，

寫寫評評他們稱做「戲」的那個東西。

任憑他們去絞盡腦汁、捻斷白鬚，

去咆哮、去揮汗、去罵人和損人：

他們與你不同道，你更和他們合不來。

……

離開這些爛渣，

攜著奧喜亞斯的笛；

帶著你鍾愛的何瑞思或安拿克里昂的琴；

用品達的熊熊熱忱取暖：

那麼，即使筋骨日衰、血氣日寒，

在你老朽之前，

點燃你的怒火正氣，

擊潰他們。

在這裡，「說話人」在古典的抒情文學中找到匡正世風的藥方：回歸山林乃是為了獲取與城市之戰的最後勝利。「何瑞思」（何體諷刺詩）對他而言只是手段，最終的目的在於闡揚淡泊寡慾的田園價值。這首詩剛柔並濟——或謂以柔輔剛——主題雖和朱文納的第三首諷刺詩相同，都在攻擊都市的敗德，但是「語調」和「說話人」的修辭效果卻仿何瑞思，力求低調壓抑（subdued tone），可以說是以何瑞思之「口」，述朱文納之「志」。姜生崇尚何瑞思，但又不廢棄朱文納，修辭技巧兼容並蓄。

## 2. 復辟時期至十八世紀中葉

姜生之後有三十年時間，英國沒有可觀的諷刺詩人，原因一半由

於個人才具不足，一半也由於內戰以及緊接著的清教徒當政，民生國
是動盪不安。十七世紀中葉的英國，政治暗流潛伏廻旋，查理一世被
黜處死，克倫威爾高壓統治，其子利查昏庸無能，使得生活在這段時
期的英國人長期處於黨爭、教派歧異的氣氛之中。此時之政教不合，
自不必贅言：托利黨與惠格黨之對立即英國國教與清教之對立，勢若
水火互不相容；英王亨利八世以來即告失勢的天主教徒仍然是個政治
上的隱憂。一六六〇年查理二世回國登基，有不少安撫異己的措施，
在表面上一派昇平氣象，暗地裡的爭端卻未曾止息。一如六十年前伊
麗莎白王朝末期，復辟時期也成為諷刺詩的溫床，以政教衝突為題材
和主題的諷刺詩層出不窮，是當時文人發洩鬱悶、認同友朋、打擊敵
人的有效武器。查理二世復辟至世紀結束的四十年間，對立分歧的政
治、宗教立場彼此糾葛難分、盛衰消長，尤其因為查理無嫡嗣，王位
繼承懸而未決，遂引發了一六七八年的「教皇陰謀」（the Popish
Plot），隨後則有一六八五年詹姆斯二世繼位和一六八八年的「光榮革
命」。所以說，這數十年間，政教問題主宰了英國人的國家意識，壟
斷了他們的視聽和思想。巴特勒（Samuel Butler）的長詩《胡第布
拉斯》（*Hudibras*）譏刺清教徒，而馬沃（Andrew Marvell）在
「仿何體頌」（"An Horatian Ode Upon Cromwell's Return from
Ireland"）中歌頌克倫威爾，說他振衰起敝，鑄造了一個新的英國
㉑。諷刺詩於是成為中性的修辭武器，敵對的兩方人人得而用之，以
伸張一己的宗教信仰和政治理念。

　　在另外一方面，復辟之後劇院重行開放，這個圈子的是非和賢與
不肖也成為諷刺詩的材料：劇作家和觀眾（社會的中上階級）都是被

---

㉑　前者的語調諧謔，自成一格非何非朱，且說話人形象不顯；後者非諷刺
　　詩。此處皆從略，不加分析。

掃瞄檢視的對象。於是，在政治諷刺詩之外，這類文化和社會性的諷刺詩也是當時的一個主流。

諷刺詩的這番熱鬧景象持續到一六八〇年代，由德來頓帶上修辭藝術的顛峰。德來頓的諷刺詩取材甚廣，反映出當時的人所關切的政治、宗教和文化等等層面的問題。最有名的兩首是〈麥克弗列可諾〉（"Mac Flecknoe"）和〈押沙龍與阿希多〉（"Absalom and Achitophel"）。前者攻擊劇作家謝德威（Thomas Shadwell），後者借用《聖經》的典故描寫「教皇陰謀」所牽涉的立儲之爭。

德來頓選擇謝德威作為文丑（dunce）的代表，來加以嘲弄，泰半是政教立場不同所致。二人在一六七〇年代初過從甚密，後來各奔前程各尋庇護。德來頓一直是忠實的托利黨，謝德威則加入惠格黨；德來頓的宗教信仰自英國國教而後皈依天主教（與查理二世相同），謝德威則傾向清教信仰。另外一個重要的原因當然是，在德來頓看來，謝德威根本是三流作家、文壇敗類，卻忝為桂冠詩人，這種人自然得施以口誅筆伐。弗列可諾（Richard Flecknoe）是當時愛爾蘭的一名天主教教士，業餘喜歡舞文弄墨，不知藏拙，其名遂成為拙劣文人的代號。德來頓稱謝德威為此人之子（天主教教士不該有子嗣），另加副標題曰「一首諷刺純種新教徒詩人 T．S．的詩」（"A Satire upon the True-Blue-Protestant Poet T. S."）其中的謔與虐，可謂一目了然。

這首詩最成功的地方在於其中「驚人」（astonishment）的效果。諷刺詩獨特的「味道」就是揭開金玉外表之後散發的敗絮霉味，或如掀開溝蓋之後衝天而上的沼味，或是挖開膿瘡之時的腐爛味。諷刺詩一貫描寫歹角的手法都是貶損的，朱文納直截了當，何瑞思曲折委婉。德來頓效法朱文納的「驚人」效果，以退為進的反諷技巧在他

手中成了無比銳利的攻擊武器。借用弗列可諾之口，德來頓暴露謝德威的可鄙：

> Sh—alone my perfect image bears,
>
> Mature in dullness from his tender years.
>
> Sh—alone, of all my Sons, is he
>
> Who stands confirm'd in full stupidity.
>
> The rest to some faint meaning make pretence,
>
> But Sh—never deviates into sense.
>
> (11. 15-20)

謝㉒——盡得我的真傳，

自髫齡始其愚騃便日有長進。

謝——只有他，在我諸多兒子當中，

蠢得徹底，絲毫不假。

其餘的還能裝扮一點聰明相，

只有謝——從來不曾誤入理智正途。

此處的語言具有朱文納的侵略性，但是德來頓使用修辭學上的矛盾語法 (paradox) 添加了突梯的諷謔效果：「愚騃日有長進」和「誤入理智正途」故意逆轉傳統既定的語意，令讀者的因襲反應（stock response）——讀者期待的是「聰明」而非「愚騃」、「歧途」而非「正途」——遭受挫折，從而產生出人意表的震撼力。弗列可諾，這位愚昧帝國 (Realms of Non-sense) 的老王決定讓位給他最鍾愛的

---

㉒　德來頓通篇皆以 Sh——影射 Shadwell，一方面閃避「誹謗法」(libel law)，另一方面此音近似 shit，有謾罵的效果。

兒子，為他加冕且殷殷告誡。德來頓處理這幕時也是將傳統的是非價值做了徹底的扭曲：


> Trust Nature, do not labour to be dull;
>
> But write thy best, and top...
>
> Like mine thy gentle numbers feebly creep,
>
> Thy Tragic Muse gives smiles, thy Comic sleep.
>
> With whate'er gall thou sett'st thy self to write,
>
> Thy inoffensive Satyrs never bite.

(11. 166-167, 197-200)

> 率性而為，魯鈍冥頑你不學而能；
>
> 放手去寫，發揮你才智之最……
>
> 就像我的，你的詩行慵懶無力，
>
> 你的悲劇繆思逗笑，喜劇繆思催眠。
>
> 筆尖吸飽再多的苦汁毒液，
>
> 你的諷刺詩也是溫吞羸弱，沒法咬人。


德來頓貶損謝德威至不堪的地步 (*reductio ad absurdum*)。簡單地說，德來頓筆下的謝德威是個沒有自知之明的文丑。德來頓不用人身攻擊的手段，但是達到了人身攻擊的目的。他並不訴諸謾罵；他利用文字，依賴修辭，很技巧地化個人的衝突為諷刺的藝術。

〈麥克弗列可諾〉一詩刻意營造「驚人」的效果，通篇的語調誇大突兀。德來頓在他的名作〈論諷刺詩的起源與發展〉㉓，仔細評述

---

㉓　請參見❼。

了何瑞思與朱文納的優劣，幾經斟酌猶豫，終於肯定朱文納比何瑞思略勝一籌，因爲朱文納語調凜然，氣勢磅礴，是遏阻奸邪的不二利器。朱體語言典型的「驚人」效果，類似柏克（Edmund Burke）在〈論雄偉壯麗文體〉（"Of the Sublime and Beautiful"）中所強調的。柏克認爲「驚人」的文字能令讀者瞠目結舌，於驚懼（astonishment and awe）之餘，產生美感與認同。朱體諷刺詩執著於文字「語不驚人死不休」，目的也在引發讀者的認同感，但是並非透過美感，而係藉由嫌惡與排斥，能惡詩人之所惡。換句話說，諷刺詩的對象（object of attack）是刀筆的犧牲品，用以儆效尤。

　　語調之於諷刺詩，其重要性自不待言。在衛道的層次上，諷刺詩志在移風易俗；在修辭的層次上，諷刺詩志在左右讀者的判斷力，希望讀者認同詩人的態度。詩人的態度——褒貶揶揚——完全藉由詩中的語調傳達。詩中的三邊關係——詩人、說話人和讀者——有時單純有時曖昧，全靠語調的控制（modulation），而不致有溝通的隔閡。

　　德來頓的諷刺詩「說話人」的形象並不突出，他希望強調的不是「我」的德性與能力，而是事件和牽涉的人物。他的諷刺詩的說服力，可以說完全是建築在語調的掌握之上。〈押沙龍與阿希多〉是個很好的例子。

　　〈押沙龍〉一詩的寫作動機純粹是政治性的。一六七八年有個地痞名叫奧茲（Titus Oates）指控英國國內的天主教徒意圖造反，想弑君另立。奧茲稱此爲「教皇陰謀」。惠格黨首領夏富治伯里（Shaftesbury）和白金漢（Buckingham）乘機煽動新教徒（包括英國國教徒和不與國教妥協的清教徒）的反天主教情緒，打算迫使查理二世廢儲君詹姆斯（查理之弟，爲天主教徒），代之以查理的私生子新

教徒孟莫史（the Duke of Monmouth）。查理雖寵愛孟莫史，但是拒絕從命（查理是英國國教之首，但是心裡卻虔信天主教，這個祕密他臨終時才公開）。一六八一年惠格黨於是在議會中策動一條「排斥法案」（The Exclusion Bill），想要繞過查理的阻礙排除詹姆斯。查理舉兵包圍議會，迫使「排斥法案」流產。夏富治伯里以叛國罪被禁於倫敦塔。在此內戰氣氛日濃、黨爭日熾之際，德來頓寫了保皇的〈押沙龍〉一詩，在夏富治伯里接受審判前一週匿名發表，意在爲朝廷端正視聽（「教皇陰謀」實爲捏造），伸張公義，誅伐惡人。

　　詩中以三位《聖經》人物——大衛王、押沙龍和阿希多❷——分別影射查理二世、孟莫史和夏富治伯里。查理是國君，不能冒犯，況且他立場堅定，無可非議。但是德來頓寫〈押沙龍〉一詩，目的絕非歌功頌德，畢竟查理由於生性風流，今日庶子造反之煩憂，正是昔日自種之果。德來頓暗示這點，責備查理咎由自取，但是強調大衛王的陽剛魄力，查理受用之餘不致怪罪此一諷諫。德來頓既要公允，又要保皇，全賴語調來傳達這個雙重態度。詩是這麼開始的：


In pious times, ere priestcraft did begin,

Before polygamy was made a sin;

When man on many multiplied his kind,

Ere one to one was cursedly confin'd;

When nature prompted, and no law denied—

Promiscuous use of concubine and bride;

---

❷　《聖經‧撒母耳記下》，十四至十八章所記述的叛父故事與英國這場王位之爭極多雷同，讀者可仔細比對。

Then Israel's monarch after Heaven's own heart,

His vigorous warmth did, variously, impart

To wives and slaves; and, wide as his command,

Scatter'd his Maker's image thro the land.

(11. 1-10)

在敬神的古代，祭司尚未出頭，

多妻多妾不是罪愆；

一夫數婦子嗣綿綿，

一夫一婦安能有此福分；

率眞行事，不違律法——

元配妾婢共處一堂；

此時，以色列的君王順應天心，

妻妾奴隸皆蒙恩澤；因此，

普天之下王權所及，莫不

遍布他這位創造者的形象。


大衛於眾子之中最愛押沙龍。此子功在國家，兼以俊秀溫雅舌粲蓮花，深得百姓愛戴，只因年少氣浮，遂遭奸徒利用。德來頓寫出孟莫史的可愛和可憫，以及查理純眞的父性：


With secret joy indulgent David view'd

His youthful image in his son renew'd:

To all his wishes nothing he denied;

And made the charming Annabel his bride.

What faults he had, (for who from faults is free?)

His father could not, or would not see.

(11. 31-36)

大衛暗自歡喜，眼前的兒子正是

自己少年模樣的再版；

於是，他的請求盡皆俯允；

為他婚配姣美的安娜貝。

他的過錯（誰能無過呢？）

他的父親一概無睹，或雖視而無睹。


賢如《聖經》中的大衛王，都有被感情天性蒙蔽的時刻，那麼查理二世「養子不教」之過，也是人性至情的表現了。《舊約聖經》中「押沙龍叛父」這節當時人耳熟能詳，這段故事和當時政局之巧合，更是人人皆知。德來頓套用了《聖經》中的三個既定形象——慈父、迷途的兒子、撒旦型的惡棍——在修辭效果上，已然占了先機。描繪阿希多（白金漢）時，德來頓強調他煽動家的本質，像伊甸園的蛇，引誘押沙龍藉勤王保駕的理由，興兵討伐對手皇叔詹姆斯：


Prevail yourself of what occasion gives,

But try your title while your father lives;

And that your arms may have a fair pretense,

Proclaim you take them in the king's defense;

Whose sacred life each minute would expose

To plots, from seeming friends, and secret foes.

And who can sound the depth of David's soul?

Perhaps his fear his kindness may control.

He fears his brother, tho' he loves his son,

For plighted vows too late to be undone.

(11. 461-470)

把握有利時機，

趁你的父親未死爭取你的名分；

為使師出有名，

勤王是最好的藉口；

龍體高臥，時時刻刻都是

明槍暗箭的目標。何況，

誰能一探大衛靈魂的幽邃處？

慈藹的外表下或許掩抑著憂懼。

他憂懼手足，卻鍾愛兒子，

心雖悔之，卻不能背棄信誓。


德來頓對阿希多的描寫毫不留情，強調他的「人小心大」的畸形人格：


A fiery soul, which, working out its way,

Fretted the pigmy body to decay,

And o'er-inform'd the tenement of clay.

(11. 156-158)

靈魂走火入魔，衝撞欲出，

佝羸的肉體不勝負荷，

瓦泥所造，怎堪如許的焦慮折磨。

德來頓抓住白金漢身材短小的特點，給他一個最尖刻的評語：「一團混亂，不成體統」("a shapeless lump, like anarchy") (1. 172)。

〈押沙龍與阿希多〉長達千餘行。德來頓除了善用局部的修辭技巧如控制語調和貶損諷刺對象之外，在整首詩的結構上，也忠實地遵循演說體 (oratory) 的固定步驟。由贏取讀者對大衛王（查理二世）的好感開始 (*exordium*)，德來頓逐步舖陳立場 (*narratio*)，舉證支持或引例反駁 (*confirmatio* and *reprehensio*)，最後則藉大衛王之口，以一篇申論法律的綑繩力量 ("lawful pow'r") 的獨白結束 (*peroratio*) ❷。德來頓在各個步驟皆能切實掌握保皇的語調，使得全詩四個層次 (four-tiered) 的架構足以撐負衛道（王權公理與社會秩序）懲惡（阿希多及其黨羽）的主題。穿梭整首詩的是德來頓堅定的保皇信念，他對查理這位眞命天子（猶如大衛）的效忠不貳，以及最重要的，他的修辭素養，一方面訴諸讀者的理性判斷，一方面也倚附《聖經》的權威，增加保皇論調的分量。詩中雖無「我」爲他代言，但是他的政治立場昭然若揭。我們可以說，修辭藝術已然成爲他的「說話人」，是替這齣政爭戲穿針引線的主角。詩中的各個聲音——第一與第三人稱——都是德來頓一人的聲音，他的修辭藝術是主角，也是導演。德來頓是位一流的諷刺詩人，不僅掌握了人性的劣點與弱點，描繪出各個有血有肉的角色，更牢牢扣住當時賁張的政治脈搏，給予當時的黨爭以人性的詮釋，使得後世的讀者猶能觸摸到那種緊張迫人的律動。

---

❷ 見 Edward A. Bloom and Lillian D. Bloom, "Shape and Order," in *Satire's Persuasive Voice* (Ithaca: Cornell University Press, 1979), pp. 70-109.

　　從德來頓到波普諷刺詩在題材和形式兩方面都有顯著的轉變：由政治取向到社會取向，由豪邁粗放到文雅內斂，由演說式的雄辯獨白到諮商式的委婉對談。德來頓逝世時波普只有十二歲，兩人年齡相距將近五十年。德來頓所關注與介入的政治風浪在波普出生之年已然平息。一六八八年「光榮革命」，威廉和瑪麗入主英國；一七一四年安妮女王逝世。這段過渡時期之中，英國百姓心之所繫逐漸由政治轉移到社會。尤其安妮女王在位十數年，保守顢頇，政治上沒有突出表現。在這種「無為」的氣氛下，知識分子和上流社會所關心的是小我以及社會的行為，關心的是切身的利益和人際關係。一七一四年，漢諾威王朝初祚，喬治一世不諳英國語言風俗，大權遂由惠格黨把持，其核心分子為新興的中產階級與少數前進的貴族階級，托利黨的勢力自此一蹶不振。

　　惠格黨盤踞政壇，控制國會與昏庸的英王，在傳統派的波普看來，代表雙重的危機：政治的敗壞和道德的淪喪，兩者互為表裡。波普將此一雙重危機置於當時之人的社會行為上來觀察：腐敗的政治豢養了一幫新貴，而這幫新貴蛀蝕了品味與學問(taste and learning)。德來頓諷刺人的逸軌的政治行為；波普則諷刺人的逸軌的社會和道德行為。前者視人為政治動物；後者視人為社會動物，特別著眼於個人對群體道德與善良習俗之益或害。

　　波普的嚴肅的諷刺詩皆寫於新王朝成立之後。《文丑傳》(*The Dunciad*) 前三卷成於一七二八年，全集四卷則於一七四三年出版。〈致御醫亞布士諾函〉( "An Epistle to Dr. Arbuthnot") 寫於一七三五年。膾炙人口的《秀髮劫》(*The Rape of the Lock*) 於一七一七年定稿，是早期的作品，雖是嘲諷上流社會之作，但是道德批判不是主要目的。

波普寫《秀髮劫》，目的在扮演和事佬，心裡雖然覺得結怨雙方小題大做，爲了紈袴子偸剪名媛淑女的一綹頭髮而幾乎成爲仇家，但是表面的目的仍在逗得女方轉嗔爲喜。既以「溫柔敦厚」爲勸和的主旨，波普的語調著力於堆砌英雄式喜感（heroicomic effect），挖苦的意圖只能隱藏於字裡行間，由會心之人去仔細尋味了。詩中的說話人開首即恭維男女主角爲才子佳人，本是絕配，又何苦互相對立：

Say what strange motive, Goddess! could compell
A well-bred lord to assault a gentle belle?
Oh, say what stranger cause, yet unexplored,
Could make a gentle belle reject a lord?
In tasks so bold can little men engage,
And in soft bosoms dwells such mighty rage?

(11. 1-6)

繆司女神！請你說，是何奇怪的動機，
竟使素有教養的紳士去冒犯溫婉的淑女？
噢，請你說，究竟是何神祕未知的理由，
溫婉的淑女竟然拒斥紳士？
凡夫俗子豈能有如此勛業，
而柔情萬千的胸臆竟然臥伏如許的威凜怒氣？

波普模仿史詩傳統，將史詩戰役的規模移植到這場「情場戰役」，參戰的不僅是當事人雙方，還有各爲其主的守護精靈，使得這樁「風流才子俏佳人」的輕浮嬉戲，升格爲驚天動地的大事，而詩的結尾更以「天命」曉諭女方：眾人遍尋不獲的那綹頭髮已然升天化爲星宿，而

貝玲達的芳名也將隨之永銘蒼穹，留傳後世。

《秀髮劫》寓貶於褒，間接揶揄男女主角以及他們所代表的上流社會之無聊。這種不露痕跡的社會諷刺，正是何瑞思傳統的體現（波普早年心儀何氏，著有《仿何瑞思詩》*Imitations of Horace*）。在此要強調的是：波普是詩人，不是道學家；他觀察人性的「惡與愚」（vice and folly），將之歸因於每個人所置身的社會階級，以及他所扮演的社會角色。彼得自命風流，調戲閨女，貝玲達為了區區頭髮而紅顏變色，實乃因為他們處身的上流社會仍然擁抱「騎俠」（chivalry）的木乃伊，男方固然是畫虎類犬之不肖子，女方則誇大「名節」（honor）的觀念至可笑的地步。這種上流社會所標榜的已經不是真正的「品味」，而是虛偽的階級象徵。因為不是真正的俠士與貞潔淑女，這種做作（affectation）乃需要諷刺撻伐。

自古羅馬時代以來，做作便是諷刺詩人最主要的攻擊對象。波普攻擊的另一種做作，是在「學問」的領域。根據他的自述，佞臣和文丑是他的諷刺詩中的兩大惡徒。這班人他統稱為「有錢或有勢的壞蛋」（"rich or noble knave"）。他對錢勢根深蒂固的反感可以溯自他的出身。波普的父母是殷實的商人，但是由於是天主教徒而受盡歧視。當時英國法律禁止天主教徒置產、任公職，稅賦加倍，而且不許居住於倫敦周圍十哩之內。由於這重重限制，波普不僅不能受正規教育，而且一生與仕途無緣。他的希臘文和拉丁文靠自修得來，一生未受「贊助制度」（patronage）之惠，無法棲身「天子腳下」，而終老退科農（Twickenham）鄉居。這些關卡杜絕了波普做官致富之道，剝奪了他論文才穩可到手的欽頒桂冠（德來頓於一六六八年獲頒桂冠詩人頭銜），但是也使得他有桑榆之得，另外開闢了一片諷刺詩的新領域。

　　波普既與政治絕緣，便殊少涉及政治的傾軋。德來頓一生介入英國政治甚深，在他看來，政治即生活的中心 。 波普也描寫醜惡的政客，但是他的目光穿透人的外表的政治行為，揭露他更深一層的道德倫常的內裡。跋扈的政客和甘言無恥的文丑，他們的惡行都源自人性的原惡㉖，這種原惡唯有賴敦品勵學 (cultivate taste and learning) 方能剷除。波普的刀筆所懲處的愚夫惡漢，有的無品做作，有的則賣弄半吊子學問謀求利祿。

　　《文丑傳》一七二八年的初稿中，提伯 (Lewis Theobald) 是主角，最後的定稿中則改為西擘 (Colley Cibber) ㉗。西擘於一七三〇年膺任桂冠詩人，全國譁然，文人更群起攻之。波普在晚年思忖之餘，顯然認定此人才是文丑之最，是文丐街僱傭作家的頭目。全詩假托一個史詩架構：西擘求助於愚昧女神而登基為愚昧王，經過一番歷練（西擘親赴地府向先哲請教愚昧的奧祕），西伯率領手下自倫敦市區往西遊行，終於將西敏區納入「愚昧王國」的版圖。倫敦市區龍蛇雜處，由引車賣漿和娼妓歹徒盤踞，內有一魚肆比鄰坊 (Bilingsgate)，更是以商民俚鄙喧囂的言談惡名遠播，文丐街則藏伏著無數的三流作家，為討生活常得作賤文格；西區則林木蔥鬱、華廈巨邸美不勝收。兩者的分野在波普看來就是野蠻與文明、低俗與品味、愚妄與學問的對立。《文丑傳》的結尾描寫西擘的烏合之眾入主西區，將之比擬為暴民的勝利和傳統文化的潰敗。文明的末日有如夜幕籠罩之下屍橫遍

---

㉖　波普、史威夫特和約翰笙都持這種原惡論，是新古典時期人文主義的特徵之一。請參考 Paul Fussell, *The Rhetorical World of Augustan Humanism* (London: Oxford University Press, 1965).

㉗　提伯為文公開批評波普所編《莎士比亞全集》的編注錯誤，兩人於是交惡。波普天性睚眦必報，與提伯交惡，是他「人性」的一面。提伯所編訂的《莎翁全集》公認貢獻卓越。

野的戰場:

Thus at her felt approach, and secret might,

Art after art goes out, and all is Night.

See skulking Truth to her old cavern fled,

Mountains of casuistry heaped o'er her head!

Philosophy that leaned on Heaven before,

Shrinks to her second cause, and is no more.

Physic of Metaphysics begs defense,

And Metaphysics calls for aid on Sense!

See Mystery to Mathematics fly!

In vain, they gaze, turn giddy, rave, and die.

Religion blushing veils her sacred fires,

And unawares Morality expires.

No public flame, nor private, dares to shine;

Nor human spark is left, nor glimpse divine!

Lo! thy dread Empire, CHAOS is restored;

Light dies before thy uncreating word:

Thy hand, great Anarch! lets the curtain fall;

And Universal Darkness buries All.

(IV. 639-656)

〔愚昧女神〕大駕降臨，難測的神威立時彰顯，

各門藝術相繼暗滅，黑夜籠罩。

眞理潛逃尋找老巢，

埋沒在詭辯的群山之下，不能出頭!

「哲學」〔科學〕當初倚天而立，

如今萎縮成第二因，不復敬神。

「醫學」轉向「玄學」求助，

「玄學」則轉向「理性」乞援！

看哪，「神靈感應」飛向「數學」投懷送抱！

都是枉費心機！他們瞪眼、暈眩、咆哮，而後死去。

羞赧的「宗教」遮蓋她的聖火，

而悄悄地，「道德」氣絕。

沒有焰火膽敢公開或私下閃耀；

人的光彩不再，精神剔透的眼神不復！

看哪！你那可怕的渾沌王國已然復辟；

你口吐毀滅之言，光明即刻消逝：

偉大的「無為無治王」！你的手拉下幕帷，

無涯的黑暗遂埋葬一切。

波普在此以擬人法強調他的諷刺意境的普遍性，而以黑暗與光明、創造與毀滅 (Anti-Creation) 的二元對立加強他善惡不兩立的主題。這個結尾的語調猶如沈痛的末世預言，也充滿椎心的傷悼。波普當年蟄居家中巖洞，躲避文丐的騷擾，曲高和寡的心情想必這般悲憤無奈。人而無品，人而不好學，在波普看來皆如殘虐人類辛苦創就的文明。《文丑傳》宣揚的是波普的精粹主義 (elitism)，是他個人「哀悼一個文明自戕，所展現的深沈的憂思」 (a powerful pageant for a self-murdered civilization) ❷。

---

❷ Paul Fussell語，見 *The Rhetorical World of Augustan Humanism*, p. 285.

　　《秀髮劫》是波普的諷刺詩中唯一可以劃歸爲何瑞思體的一首，詩人楊格稱爲「笑諷」（laughing satire）。《文丑傳》的主題及語調都極嚴肅，處理的是波普視爲關乎人類文明存亡的大事。晚年時他寫了〈致御醫亞布士諾函〉作爲他諷刺詩集的序，另外寫了跋（"Epilogue to the Satires"），語調及説話人的修辭技巧和何瑞思的傳統相去愈遠。〈致御醫〉一詩尤其可以看出他登峰造極的諷刺藝術。

　　波普的諷刺詩描寫社會，碱貶文明的弊病。他採取的不是反社會或反文明的立場，而是站在優越的高處，掌舉理想的大纛，討伐不肖的愚人惡徒。他所塑造的説話人就是理想社會行爲的典範，是眞正兼具品味和學問的人。批評家公認〈致御醫〉是完美無瑕的古典諷刺詩例，波普承襲了朱文納和何瑞思的體裁，揉合辱罵和文雅兩種相反的效果，證明了諷刺詩的文類雖然古老，但是在一位眞正的詩人手中，其修辭傳統仍然可以歷久彌新。

　　詩中的説話人兼具朱、何的特色，有前者利他、不妥協的豁達與威嚴，也有後者委婉求全、自我調侃的氣度與儒雅。波普在詩中塑造的「我」具有三種性格特質：「我」是平實不求名利的樸拙之人（*vir bonus*）；「我」是未經奸險世道污染的赤子（*ingénu*）；「我」是英雄，爲了大我福祉，不畏邪惡，有向邪惡挑戰的勇氣（a public champion）。這三種特質梅刻（Maynard Mack）曾有專文詳析，此處不再重覆 ❷❾。總之，「我」是社會倫理道德的典範，其人品（ethos）是全詩説服力的基礎，不但透過「我」波普得以舖陳描繪他的愚鈍與邪惡的諷刺世界，同時也要依賴「我」以贏取讀者的信任，從而愛「我」之所愛，惡「我」之所惡。

---

　　❷❾　"The Muse of Satire," *The Yale Review*, 41 (1951): 80-92.

　　「我」服膺的德行是純樸、誠實和勇氣；「我」所憎嫌的則是惡人與敗德。〈致御醫〉中的惡徒有三，各代表三種典型的惡人，修辭學上稱爲「殷鑑」（*exemplum*）。阿地可士（Atticus）是古羅馬帝國一位左右逢源、超越黨派的政客，波普用以影射當代名士艾迪生（Joseph Addison）。艾迪生活躍於當年的政治與文化圈，和惠格黨關係密切，也以刊行報紙「旁觀者」(*The Spectator*) 在文壇享有地位。波普年輕時曾受艾迪生賞識,企圖引介他加入惠格黨,但是終究爲了艾迪生肚量淺窄而失和。波普著手翻譯荷馬，初由艾迪生之鼓勵，但是半途之際艾迪生卻突然倒戈，轉而支持另外一個譯本，和波普對陣。個人的恩怨孰是孰非殊難斷定，但是讀者在阿地可士的「殷鑑」中得到的普遍教訓是「莫交損友」，看到的是表裡不一的僞君子:

　　　　Damn with faint praise, assent with civil leer,

　　　　And without sneering, teach the rest to sneer;

　　　　Willing to wound, and yet afraid to strike,

　　　　Just hint a fault, and hesitate dislike;

　　　　Alike reserv'd to blame, or to　commend,

　　　　A tim'rous foe, and a suspicious friend,

　　　　Dreading ev'n fools, by Flatters besieg'd,

　　　　And so obliging that he ne'er oblig'd.

　　　　　　　　　　　　　　　　　　(11. 201-208)

　　　用溫吞的讚語損人，稱許的眼光透著惡意，

　　　不親自動口，卻教導別人互相譏諷；

　　　想整人，又不敢動手，

　　　這廂含沙射影，那廂又隱忍不豫之色；

喜怒褒貶不形於貌，

當敵人嫌膽小，當朋友卻又多了點疑妒，

傻瓜能嚇他，阿諛的小人將他團團圍住，

看來有求必應，實乃一毛不拔。

艾迪生是當年政壇文壇的長青樹，一生得意，比他的辦報搭檔史迪爾 (Richard Steele) 風光甚多。 他的成功自然有他的條件，謹慎守成是其一，但是在波普的諷刺鏡子中，卻是羅馬帝國政客阿地可士的翻版。

　彪福（Bufo，拉丁文意爲蟾蜍，亦即卑鄙之人） 是另一個「殷鑑」，用來泛指錦上添花的假贊助人 (false patron)， 詩中影射貴族蒙他鳩（ Montague ）。蒙他鳩是惠格黨魁，當年是德來頓的死對頭。波普一生崇拜德來頓， 視他爲啓蒙師， 而德來頓在一六八八年「光榮革命」成功之時，拒絕向新政權效忠，自然受新貴排斥，晚年詩作雖豐， 但是未得朝廷眷寵， 生活困苦。波普藉著描寫彪福的醜陋，一吐失意文學家的怨氣，也替德來頓伸張公義：

Proud, as *Apollo* on his forked hill,

Sate full-blown Bufo, puff'd by ev'ry quill;

Fed with soft Dedication all day long,

*Horace* and he went hand in hand in song.

His Library, (where Busts of Poets dead

And a true *Pindar* stood without a head)

Receiv'd of wits an undistinguish'd race,

Who first his Judgment ask'd, and then a Place.

...

He pay'd some Bards with Port, and some with Praise,

To some a dry Rehearsal was assign'd,

And others (harder still) he pay'd in kind.

*Dryden* alone (what wonder?) came not nigh,

*Dryden* alone escap'd this judging eye:

But still the Great have kindness in reserve,

He help'd to bury whom he help'd to starve.

(11. 231-248)

傲慢如雙峰山上的阿波羅，

彪福肚滿腸肥，吃盡文人吹捧；

整日饜飽鬆軟的「獻文」，

和何瑞思攜手賦歌。

書房裡（擺了幾尊沒頭的已作古的詩人

和如假包換的品達的半身像），

接待過一幫並無才氣的才子，

先開口向他懇求高見，接著要他引薦差事。

......

有的詩人他請喝黃湯，有的他灌迷湯，

有的他給個沒黃湯的彩排，

其餘的（更難得）他賞點迷湯。

只有德來頓（有什麼奇怪？）從不上門，

只有德來頓逃過他的慧眼：

但是，偉人畢竟心懷慈悲，

他餓死了人畢竟也替他料理了後事。

蒙他鳩自比阿波羅（帕拿薩斯山有雙峰，各由阿波羅及巴克士管轄）和米西奈斯（何瑞思及維吉爾的贊助人），但是卻只是隻井蛙，不但缺乏自知之明吹噓自己，更沒有知人之明，使得德來頓潦倒以終。最後兩行的語調義憤溢於言表，「偉人」一詞挖苦了蒙他鳩，更推而廣之，譏刺權傾一時的惠格黨宰相渥波爾。渥波爾控制國會二十餘年，是當年托利黨的作家如史威夫特、蓋約翰和菲爾定筆伐的對象。惠格黨的政策一貫地重商利輕文藝，波普等人認爲由於這種偏頗的政治導向，才使得社會道德日益低落，文學品味日趨下流。波普在此處替德來頓伸寃，不提德來頓在宦海的浮沈因果，只強調他的文才不受賞識，以致未能發揮一流詩人該有的，對社會道德的正面貢獻。波普是社會詩人，而非政治詩人。他著眼的是社會之得與社會之失，而非政治的瓜葛。

　　詩中第三個「殷鑑」是史保祿士（Sporus），代表無恥的佞臣。史保祿士是羅馬昏君尼祿所寵幸的陰陽人，其狐媚的行徑相當嚇人。波普以此人影射哈威（Lord Hervey）。哈威是喬治二世的皇后加洛琳的心腹，宰相渥波爾的親信，也是波普一群朋友的死敵。描繪哈威時波普特意突出此人的「陰性」的一面，將他貶損至荒唐的地步，是一幅典型的諷刺畫（caricature）：

…this Bug with gilded wings,
This painted Child of Dirt that stinks and stings;
Whose Buzz the Witty and the Fair annoys,
Yet Wit ne'er tastes, and Beauty ne'er enjoys,
So well-bred Spaniels civilly delight
In mumbling of the Game they dare not bite.

Eternal Smiles his Emptiness betray,

As shallow streams run dimpling all the way.

(11. 309-316)

這隻翅膀鍍金的小蟲，

這個塗脂抹粉的泥巴小子既臭又帶刺；

嗡嚶之聲甚惹才子佳人憎惡，

文思它未曾嚐過，紅顏他無緣消受，

像一頭乖巧的長毛小犬，溫馴地享受

癢著嘴皮啃嚼獵物，絕對不敢真咬。

永恆的微笑暴露它空洞的頭腦，

正如水淺才能造成漩渦處處。

　　波普罵人不用粗話，而是間接地用意象來損人。他沒有明指哈威「不是人」，但是這裡所用的意象全是低於人類的(subhuman imagery)。他把哈威比為飛蟲，比為走狗，外加影射他身體與政治上的雙重無能，可謂既謔且虐。

　　波普對艾迪生、蒙他鳩和哈威三人的諷刺表面文雅，但實際上尖刻無情。後世的讀者讀來津津有味的正是這些諷刺詩人的修辭哈哈鏡中反映出來的醜人醜態。從全詩的結構來看，這些「殷鑑」的狠虐之氣，由於波普另一種技巧的運用，而緩解許多。波普塑造的「說話人」是位有品有格，被迫無奈之餘才向惡人反擊。此詩是致名重杏林的亞布士諾的信函，標題就很容易贏得讀者的信任。整首詩以對話方式進行，波普有很多機會在字裡行間經營儒雅有禮的印象，尤其在全詩的開頭，閒聊式的語調既親切又令人同情「我」的遭遇：

Shut, shut the door, good *John*! fatigu'd I said,

Tye up the knocker, say I'm sick, I'm dead,

The Dog-star rages! nay, 'tis past a doubt,

All *Bedlam*, or *Parnassus*, is let out:

Fire in each eye, and Papers in each hand,

They rave, recite, and madden round the Land.

What Walls can guard me, or what Shades can hide?

They pierce my Thickets, thro' my Grot they glide.

(11. 1-8)

關上，快把門關上，好約翰！ 我慊慊地吩咐他，

把門環綁緊，說我病了，死了，

三伏天的天狼星在發威！ 準是

整座貝楞瘋人院，或者帕拿薩斯山的人全都衝出來了：

眼睛冒火，手抓稿紙，

全在那兒嘶吼、吟誦，到處撒野。

有牆能幫我擋住，有暗處能讓我藏身嗎？

他們擅進我的樹林，潛入我的巖穴。


投機的文丐拿著不成熟的作品登門求教，要求波普加以修改潤飾以抬高賣價，或者要求他代薦給出版商。柏拉圖曾有名言，謂詩人是煽情的瘋子。 波普修正這個意象， 謂缺乏能力與自知之明的文丑才是瘋子，而真正的詩人是遭受瘋子圍攻的理性人，他是社會行為的規範，才是力挽狂瀾的中流砥柱。「我」不是以譏嘲別人為樂的虐待狂。朱文納早就說過，他的好辯乃是不得已的。波普面對文丑的步步進逼，諷刺詩成為他自衛的武器。 這種修辭立場 (rhetorical stance) 一經

樹立，〈致御醫〉一詩中可能予人以殘虐偏頗印象的誇大描寫，也就成為衛道的正當手段了。

自德來頓至波普，諷刺詩的主題自政治轉為社會，兩人不同的詩體也反映主題的變遷。英雄對句在德來頓手中產生的是綿亙不絕的氣勢，一波接連一波的滔滔雄辯，必將讀者攝服而後已。例如〈押沙龍〉一詩前十五行，「連行」(run-on line) 的句型結構使得全詩議論的威力十足，這是德來頓為了達到政治說服力，刻意經營的雄辯的語調。到了波普的時代，諷刺詩的政治目的已大致被社會目的所取代，英雄對句經過數十年的演進，已經轉而注重「完整」(closure) [30]，亦即注意工整和簡短 (short-windedness)，有如社交談話時注重禮儀，考慮對方的反應，適可而止。因此，波普的英雄對句幾乎全部是雙行成一單元，或語意完整，或結構完整，絕無如德來頓，十五行始成一句者。波普的短句另有格言式的效果，言簡而意賅，反映的是說話人的品味與學問，不多贅言，人方能不厭其言。〈致御醫〉中有一例，「我」為諷刺詩人「好鬥」的罪名辯護 (*apologia*)，正有這種格言式的效果:

You think this cruel? take it for a rule,
No creature smarts so little as a Fool.

(ll. 83-84)

你以為（我這麼做）殘酷嗎? 普天之下，
最皮厚不痛的正是愚昧之輩。

---

[30] 關於英雄對句的發展史，請參考 William Piper, *The Heroic Couplet* (Cleveland: The Press of Case Western Reserve University, 1969).

　　波普諷刺詩的大主題是人性，他觀察的是小我在扮演社會角色時該有的貢獻和不該有的敗行。他暴露人的愚昧與罪惡的同時，也明指或暗示相對的美德。這種「懲惡」與「獎善」相輔相成的二元結構，自何瑞思和朱文納以來即爲諷刺詩的基本架構❸。〈致御醫〉一詩雖短，只有四百餘行，但是融合尖銳的攻擊性和儒雅的對話，剛柔並濟，兼有何、朱兩大傳統的精髓。拜侖讚美波普是「天下文明的道德詩人」（"the moral poet of all civilization"），頗爲推崇。

　　約翰笙在爲德來頓和波普做傳時曾言，諷刺詩到了他們兩位已臻化境，後人難以爲繼了。此言不差。自一七四四年波普辭世之後，這個曾經風行半個世紀的文類在質和量上均呈顯著的衰退。約翰笙的〈倫敦〉（"London"）和〈貪願無益〉（"The Vanity of Human Wishes"）是十八世紀中葉僅有的兩篇佳作，尤其是後者，可以視爲整個諷刺詩傳統的最後瑰寶。

　　〈倫敦〉和〈貪願無益〉都是模仿朱文納，前者仿第三首，後者仿第十首。模仿（Imitation）也是新古典主義時期盛行的一種形式。新古典主義者基本的信念是人性不變，而文學既是「模仿」人的行爲，自然也就不分古今，舊而彌新了。因此，將古典文學作品改頭換面並不會改變它的本質，改變的只是它的外衣，使它能更爲切合模仿者的時代❸。波普曾模仿何瑞思，約翰笙則模仿朱文納。

　　〈倫敦〉保留了朱文納原詩的主題與形式，詩中的「我」對朋友

❸　請見 Mary Claire Randolph, "The Structural Design of the Formal Verse Satire," *Philological Quarterly*, 21 (1942): 368-384.

❸　Howard Weinbrot, *The Formal Strain: Studies in Augustan Imitation and Satire* (Chicago and London: The University of Chicago Press, 1969). 第一章深入討論「模仿」的理論與實踐。

抱怨城市生活之可怖緊張，改變的是細節，以倫敦代羅馬，描寫當代倫敦居民的感受。〈貪願無益〉諷刺人性，比都市生活的主題更具普遍性與哲學深度。約翰笙才氣和精力均過人，既是批評家、文學史家、字典編纂人，更是第一流的諷刺詩人。諷刺詩發展到了德來頓和波普兩人時，確實已將古羅馬詩人創下的修辭傳統光大到極限了。但是，約翰笙卻能將它帶入一個柳暗花明的新境界。這個新境界既不是政治的，也不是社會的，而是哲學與沈思的境界。到了約翰笙，諷刺詩不再劍拔弩張，也不曲意求全，轉而披上一層抑鬱的氣氛。倍特 (W. J. Bate) 稱約翰笙的這首代表作爲「殘缺的諷刺詩」(*satire manqué*) ㉝，認爲它類近悲劇，目的不在嘲弄某個愚人惡徒，而在哀嘆生命之無常與痛苦。此詩雖然旨在譏諷人類之短視無知，但是詩人自己也加入了罪人的行列。

〈貪願無益〉全詩三百六十八行，結構嚴謹，條理井然。約翰笙保留了朱文納原詩的理念及其舖陳順序，由人的貪念開始，逐次論及各類的「追求」之不智：多金之人寢食難安；弄權之人終成階下囚；飽學之士勞苦潦倒終生；南面而王者莫不馬革裹屍；追求長壽，但青春不待；追求美貌，但紅顏招禍。約翰笙也利用修辭學上的「殷鑑」技巧，以加強他的說服力。這些殷鑑有些沿襲自朱文納，有些則引自英國本土的例子，烏息大主教 (Thomas Wolsey) 是亨利八世的宰相，權傾一時，最後遭罷黜下獄；迦利略獻身天文學，成就卓越，最後被逐出教會，貧病以終；瑞典國王查理十二世在北歐東征西討所向無敵，最後被殺於一座鄉下碉堡中；史威夫特得享高壽，只可惜老年

---

㉝ "Johnson and Satire Manqué," in W. H. Bond, ed., *Eighteenth Century Studies in Honor of Donald F. Hyde* ( New York: The Grolier Club, 1970), pp. 145-160.

昏耄無異呆痴；宮廷美女雖能以貌邀寵，但終遭遺棄。約翰笙博聞強
記，　這些古今殷鑑全在他腦中，　包士威爾 (James　Boswell) 說他
寫此詩時，一日可成七十行，不用修改增刪。另外，唯恐例示不足，
他用「修辭問句」 (rhetorical　questions) 來加強他議論的氣勢，其
「棒喝」的效果可以說已得朱文納的真髓：


Speak thou, whose thoughts at humble peace repine,

Shall Wolsey's wealth, with Wolsey's end, be thine?

(11. 119-120)

請問閣下，你抱怨平安太過卑微，

難道你心想烏息的財富，和他的下場嗎？


全詩結尾處說話人又問道：


Where then shall Hope and Fear their objects find?

Must dull Suspense corrupt the stagnant mind?

Must helpless man, in ignorance sedate,

Roll darkling down the torrent of his fate?

Must no dislike alarm, no wishes arise,

No cries attempt the mercies of the skies?

(11. 341-346)

那麼，「希望」和「憂懼」該著落何處？

難道坐視遲鈍的「優柔寡斷」腐化呆滯的心智？

難道無助的人，安於無知，就此

隨波逐流，翻滾於命運的洪流中？

> 難道必須心無所惡，意無所願，
>
> 不向蒼天呼喊乞憐？

藉著這個修辭問句的轉折，約翰笙做了結論。全詩揭示的「惡」是錯誤的願望與祈求，結尾提供的「德」則是基督教的堅忍行為：盡其在我，但是將「信、望、愛」寄託於上帝，「理性」（"a healthful mind"）才是人應該祈求的願望。

　　約翰笙在他所撰德來頓和波普兩人的傳記中一再頌揚朱文納，指出朱文納文體三樣過人之處：偉岸（stateliness），一語中的（pointedness）和雄辯氣勢（declamatory grandeur）。約翰笙自己模仿朱文納的詩裡也顯露這些特點。但是，在約翰笙無礙的辯才和完美的修辭下所隱藏的一股宗教的祥和平靜，卻是朱文納所沒有的。朱詩結尾時向眾神挑戰，鼓勵受苦的凡人堅忍，俾能在精神上扭轉劣勢，轉輸為贏。約翰笙的詩卻以謙遜的宗教情操結束，絲毫不帶火氣。朱文納講人神對立，約翰笙卻要人安於天命。約翰笙的仿作雖然以基督教的喜劇結束，但是除此短暫結尾之外，全詩充塞著抑鬱和否定。這種基督教的生命觀使得他捨棄不用傳統諷刺詩的修辭利器「我」：詩中的說話人不是諷刺人（the satirist），他參與分享眾生的命運，自己也是被諷刺的對象（the satirized）。同情起於瞭解，同情之後詩人即自動放棄了諷刺詩的修辭傳統賦予他的優越地位，不再是得天獨厚的聖賢，而成為萬千庶民之一了。全詩最感人的部分正是約翰笙的影子躍然紙上，他以自己為殷鑑的數行：

> Yet hope not life from grief or danger free,
>
> Nor the doom of man reversed for thee:

Deign on the passing world to turn thine eyes,

And pause awhile from letters to be wise;

There mark what ills the scholar's life assail,

Toil, envy, want, the patron, and the jail.

(11. 153-158)

縱使學而有成莫以為能夠無災無厄，

莫以為你獨能身免人類既定命運：

且佇足觀看此大千世界，

且放下書本，細思人生真諦；

瞧瞧學者生涯的坎坷和不幸，

既遭勞苦、嫉妒、窮困、贊助人的折磨，還有鐵窗恭候。

約翰笙自幼體弱多病但仍勤學不輟，二十八歲時娶一中年寡婦為妻，為謀家計獨自在文丐街寫稿維生，四十歲時求見貴族且斯特非（Lord Chesterfield），遭到冷落，一直到一七五五年出版他那本有名的字典，方才名利雙收。這段漫長而慘澹的人生與學術道路上的苦楚，使得他未嘗一日或忘人的渺小與世態之炎涼。這種類近中古時代的厭世觀（world-hating doctrine）不但使他有別於朱文納的非基督教的堅忍哲學，也使得他的諷刺詩脫離了德來頓和波普所代表的入世的主流。約翰笙的諷刺詩不講求驚人的氣勢或雋詠的言辭，但是多了一層哲理的深度，也將諷刺詩的主題由人為的道德範疇，提升到基督教的宗教範疇，由俗世超越到來生了。

### 3.十八世紀中葉以後

英國的諷刺詩自約翰笙之後無可觀者。十八世紀中葉前後，感情主義（sentimentalism）盛行，鼓吹人性本善，流風所至，文學作品

注重「揚善隱惡」，訴求的對象逐漸以中下層階級爲主。一七四〇年代小說的茁壯與此有關，乃眾所周知，諷刺詩的沒落，原因也在此。自「前浪漫主義」詩壇場之後，山水自然的題材，取代了「人、風俗和道德」，諷刺詩的傳統內容——朱文納所稱的「人的千般作爲」——已經不合時宜了。

約翰笙之後到十九世紀之間，仍有零星的諷刺詩出現，丘吉爾和葛士密 (Oliver Goldsmith) 是較出名的諷刺詩人。伯恩斯 (Robert Burns) 和勃雷克 (William Blake) 也寫諷刺性的詩。嚴格說來，除了丘吉爾仍然使用英雄對句和諷刺詩的特定修辭技巧之外，其餘諸人都不是古典諷刺詩的傳人。浪漫詩人中唯有拜侖寫衛道的諷刺詩——〈唐裘安〉("Don Juan") 的主題據他自稱「沒有女孩子家會因爲讀了〈唐裘安〉而致行爲越軌」 ("no girls will ever be seduced by reading D. J.")——但是他的題材以及表現手法和傳統的諷刺詩相去甚遠。

# 三、結 語

諷刺詩的閱讀和研究在二十世紀五〇年代之前一直是歷史和社會學的附屬品，傳記生平的意義凌駕作品本身。五〇年代之後，「新批評」擺脫舊歷史主義，諷刺詩的形式與技巧方才成爲學者探索的首要課題，諷刺詩的研究轉而兼論形構與政治外緣意義。諷刺詩的主題不外乎倫理道德和敬天畏神，每易流於單調重覆。形構與外緣研究成爲主流之後，學者強調它的文類特性，上溯古羅馬的傳統，討論修辭與動機，視詩中的說話人及價值觀爲建構，是傳統與個人才具的結合。十九世紀批評家史迪芬 (Leslie Stephen) 不齒波普對史保祿士的

「毒辣的私怨」（"personal venom"），或者二十世紀四〇年代海傑特（Gilbert Highet）論《文丑傳》，不喜「整首詩半瘋狂的仇恨人類心態」（"the half-crazed misanthropy of the whole poem"），今日讀來只覺評者過度信以為真了。

　　諷刺詩是門藝術（Art），而非夫子自況的自傳（Nature）。作者需要運用歷史資料，殆無疑問。但是，借用席德尼的名言「諷刺詩也是一種虛構」（"a feigning of notable examples of virtues and vices"），假托善與惡的個例，企圖把握普遍的理念（Idea），也就是超越時空的人性常態。由此觀之，諷刺詩人是否狡詐偽善、心術不正，並不切題。諷刺詩的二元模式——善惡對立、獎善懲惡——缺乏變化，但是由此母體衍化出許多佳作，應該歸功於詩人的想像力與文字的駕馭能力。想像虛構，或統稱修辭，使得此一文類意圖載道而不直接說教，衛道的同時能夠努力文字的經營，這正是諷刺詩的最大特色。

# 第三章
# 波普詩中的二元意象: 兩種讀法

　　約翰笙曾言，波普的詩藝已臻化境，「任何再往前邁進一步的嘗試，都是徒然之勞苦，與無益之好奇。❶」此言特指波普在英雄對句上集大成的成就。波普不僅承繼，並且磨利了自德來頓以來，新古典主義詩人所專擅的修辭工具。「仿奧古斯都時期人文主義」(Augustan humanism)❷ 以詩爲主要的表達方式，內容與形式皆崢嶸突出，有別於其他時代的成就。波普是此一時期的代表詩人，是眾所承認。他的詩譽歷經當時的極盛，十九世紀的極衰──拜侖一人的讚頌難敵眾人之詆毀──以至二十世紀七〇年代左近之再盛❸，驗證了一個文學史的定則: 文學品味恆變。但是，變雖是常態，傳世的詩人總有他較穩定的價值。七〇年代以來文學理論層出不窮，作者／讀者／作品之間的關係有莫衷一是的詮釋，取代了傳統藝術／人生的單純分法。今昔之讀波普，方法各如何? 本文自意象著手，分別用模仿論 (mimesis) 和符號學 (semiotics) 的方法，分析波普詩中的二元意象，企圖呈現

---

❶ *The Lives of the Poets*, iii, 442.
❷ 此詞廣爲學者採用，本文僅扼要敍述其特點， 深入探討請參考 Paul Fussell, *The Rhetorical World of Augustan Humanism* (Oxford: The Clarendon Press, 1965).
❸ Blake 及 Wordsworth 撻伐波普最力。 但是波普詩中不乏與濟慈 (John) Keats 神似之意象。參見 Geoffrey Tillotson, *Pope and Human Nature* (Oxford: The Clarendon Press, 1958), pp. 94-96.

一個辯證的批評角度。本章以意象的解析爲主，討論對象主要爲波普詩作中使用意象最多的兩首——〈論批評〉（"An Essay on Criticism"）和〈論人〉（"An Essay on Man"）——之重要意象，並旁及運用相關意象的其他短詩。本文的附帶目的類似野人獻曝，在於指出新舊方法皆可以用，一詩可以兩讀，而好詩人更不必有新舊讀法之分。

# 一、意象的解析: 兩種方法

## 1.二分對應法——模仿論

傳統上界定意象之性質與運作方式，皆依循二分之思維習慣。喬叟曾謂意象中包含主題，有如果莢內包藏果肉（husk/kernel）。意即，辭藻是主題的外衣，兩者有內外本末的關係。柏克（Kenneth Burke）也認爲訓義與辭藻之間有先後上下之別。他說：「感官意象賦予意念形體，但此意象超越感官的經驗」❹；意即，意象是現象界的工具，賦有形體，目的在載送不具形體的意念，進入普遍性的本體界。朋諾夫斯基（Erwin Panofsky）更進一步指明，意念（或謂意旨）是作品「固有的意義或內容」（the intrinsic meaning or content），內容即意義，而欲解此眞義，必須透過「一個國家、一個時代、一個階級、一個宗教或哲學論說體系」來著手❺。傳統的讀詩法以意象爲喻依，以意象外的意念爲意旨的二分法，隱含著文學載道的信念。寫詩既志在反映人生，則解詩亦必自人生起步，自其種種外

---

❹ *A Rhetoric of Motives* ( Berkeley: University of California Press, 1969), p. 88.

❺ *Studies in Iconology: Humanistic Themes in the Art of the Renaissance* (New York: Harper and Row, 1962), p. 7.

圍現象開始。

　　模仿論以意念爲中心 (logocentric)，被波普等新古典主義詩人再度肯定，奉行不悖。朋諾夫斯基所強調的意象的外圍指涉，特別適用於研究波普詩所倡言的人文主義。史培可絲 ( Patricia Meyer Spacks) 亦言：「意象是詩的素材；詩人選擇這個素材，不論方法如何迂迴，必定反映他的價值觀」❻。波普所代表的人文主義最堅持的信念，是「人」與「文」應該合一，道德與美學的標準不應有異。我們可以說，整個仿奧古斯都時期人文主義的基本信念就是一個類比：文品反映人品，人品提升文品❼。波普相信宇宙及人生恆有秩序，詩人可於紙上再創這個秩序；好詩的基礎是精確的意象，因此寫好詩也是訓練本身才具，使能清晰表達，以契合宇宙人生的大秩序。寫好詩可以比諸做好人，皆重紀律。英雄對句的嚴謹的格律可以鍛鍊理性，修辭意象的中肯更可以綑繩浮濫的情感與詩興。意象的作用並不排斥情感，它在呈現意念的同時也抒發情感，但是所發之情必定要納入一個秩序，遵行一個與讀詩者溝通的軌道，最後導向全詩的主題。秩序，或謂紀律，可以說是波普〈論批評〉和〈論人〉（以及其他詩作）的大主題，以「品」的意念兼攝人生與文學。

### 2.反覆參照法──「符義衍生」 (Semiosis)

　　符號學學者李法德 (Michael Riffaterre) 在《詩的符號學》(Semiotics of Poetry) 一書中，提出一個新的讀詩方法，強調反

---

❻　*An Argument of Images: the Poetry of Alexander Pope* (Cambridge: Harvard University Press, 1971), p. 1.

❼　這個人／文合一的觀念可以遠溯至 Quintilian。他強調，善於演說之人（好的文學家）必是有德之人，因爲誠於中則形於外。此論今日自然未必服人，但是當時是不移的傳統。見 Quintilian 著 *The Institutio Oratoria*, trans. H. E. Butler (London and Cambridge, Mass., 1958), IV, xii, 1. 修辭學兼具實用性與道德性，是古典主義的信念。

覆參照讀法 (retroactive reading)，以「符義衍生」一詞取代傳統的模仿論。李法德指出，詩的語言和日常語言最大的不同，不在於詩的辭藻或韻體（「韻體非詩」其實古即有明訓❽），而在於詩傳達意義的方式是透過一種「作品和讀者之間的辯證關係」(a dialectic between text and reader)❾。李法德將這個辯證關係的正反參照、矛盾中求統一的過程，以實例逐步解說，強調這個過程的顛覆性的特質：在極端的例子中，它否定詩的人生指涉；詩的閱讀（與寫作）純粹是「文字遊戲」(a wordplay)，與作者的意圖無關，是作品和讀者之間的溝通媒介。

「符號」(seme) 指產生語義的最小單位，「符義衍生」指呈現語義的方法。符號學運用到詩的詮釋，所要釐清的不是主題內容，而是主題所賴以呈現的結構 (thematic structure)。李法德用了許多二分相對詞，除了「模仿／符義衍生」之外，尚有「文意／符義」(meaning/significance)、「教化式閱讀／釋經式閱讀」(heuristic reading/hermeneutic reading)。這些對立相反詞基本上各自類屬內容與形式，李法德認為獵求文意、追究主題、肯定人生指涉的詮釋法是僵化的和一廂情願的。他肯定釋經式的閱讀❿，將文意納入一個繁複但井然有序的詮釋架構，賦予每個文意在此架構中的固定位置，藉使符義衍生的過程一目瞭然。他反對鑽研文字句型 (syntagm)，反對

---

❽ 見 John Dryden, *An Essay of Dramatick Poesie.*

❾ *Semiotics of Poetry* (Bloomington: Indiana University Press, 1978).

❿ Riffaterre 所用 "hermeneutic" 一字指中古釋經學派的詮釋手法。質而言之，即建立一寓言式架構，將文學作品納入一個神本位系統的方法。請參照 E. M. W. Tillyard, *The Elizabethan World Picture* (New York: Randon House, 1956), pp. 5-8, 87-100. 李法德取其重結構的態度，與其神本位信仰無涉。

詮釋的寫實主義。提利爾德 (E. M. W. Tillyard) 論中古釋經學，認爲此種方法旨在「尋覓一局規則繁複嚴謹的遊戲」（人體各器官與星座之間精密無誤的對應關係即爲規則一例❶）。李法德倡議的釋經式詮釋法也強調，詩的閱讀過程 爲作品和讀者 二者之間的一場文字遊戲，目標在確認作品的架構，也就是它形式上的一貫性 (formal continuity)。遊戲者若誤入「人生指涉」的歧途（以作品內容勝過形式，則淪爲說教；或讀者獵求意圖，以作品爲道德教條），即是違規。另外，「意」和「義」衍生的秩序若顚倒錯亂，亦是違規。符義的產生自「意」（內容）開始，而後及於「釋經」（廓清架構、確定過程）的層次。在「教化」層次上，讀者先瞭解字句之意 (syntagmatic reading)，此時不免有人生指涉性，因爲語言本身即帶人生指涉的特性。到了分析意象時，即進入「釋經」的層次，由「隔」(incompatibility) 至「悟」，在相異的兩物之間見出其相似。要化「隔」爲「悟」，讀者要引用他的原有知識（或謂語碼 code），來協助他掌握主題呈現的結構。此時，僅有語 言能力 (linguistic competence) 不敷所需，他還需要具備文學能力 (literary competence)，能夠辨認各種語碼（如陳詞爛調、傳統主題、神話等文學共識），來化解「隔」。「隔」一旦消除，詩「意」大白，便可進行「符義」——意象架構——的解析。

　　第二階段「符義」的產生即「結構解碼」(structural decoding) 的結果，目的不在詮釋作品的敍述性內容 (story)，而在於詮釋它的敍述方式 (discourse) ❷，在紛陳交替出現的意象之間尋找它們結

---

❶ Tillyard, p. 8.
❷ Seymour Chatman 的二分詞彙。見 *Story and Discourse* (Ithaca: Cornell University Press, 1978).

構上的共同點，尋找意象的「母體」（matrix），即一個結構模式（paradigm）❸，再進而尋找這個基本結構的各種變體或轉調（variation, modulation）。解釋作品文意內容的單元是字、詞或句；解釋它的符義架構的單元是整篇作品。「母體」的變體或轉調即是作品，亦即「符義」的結構單元。一首詩「模仿性」的篇幅可以很大，但是「母體」卻可以用一個字或詞來概括，譬如「二元對峙平衡」這個矛盾語。母體結構多半隱而不彰，藏匿在模仿性的文字之間，但是其所衍生的意象可以有具體明顯的文意。李法德指出：「『符義衍生』的過程與作品同時存在，分毫無差: 『符義衍生』的過程即作品」❹。

## 二、波普詩的二元意象──人文主義的鏡子

英國的人文主義襲自歐洲北部的傳統，與南義大利所代表的膨脹個人的傳統不同❺。英國的基督教人文主義（Christian humanism）延續中古時期神本位的宇宙觀，強調個人居此神本位宇宙的分內地位，以及這個地位所含括的權利與義務。基督教式的神本位觀念，和

---

❸ Robert Scholes 界定為「此模式提供代換的場地；代換的結果產生暗喻、雙關語，換喻和其他的比喻辭」。*Semiotics and Interpretation* (New Haven: Yale University Press, 1982), p. 146.

❹ Riffaterre, p. 19.

❺ 自十九世紀中葉以降，學者過分強調文藝復興與人文主義中的人本位思想。Douglas Bush 在 1939 年出版的 *The Renaissance and English Humanism* (Toronto: University of Toronto Press, 1939) 書中曾加明辨，指出這種人本位思想其據點僅限於南義大利，爾後往北發展，逐漸增加神本位色彩，經翡冷翠傳至荷蘭及北歐，到達英國時人本位思想已經沖淡許多。Petrarch, Erasmus, More 等人代表的北方人文主義傳統，其本質延續了中古的神本位觀念。

自古希羅傳統承繼而得的對文學的尊崇，可以說是自十五至十七世紀，英國人文主義的特點。到了十八世紀，英國人文主義中的神學色彩已大爲沖淡。法索 (Paul Fussell) 稱「仿奧古斯都時期」的人文主義爲英國文藝復興時期人文主義的「縮小且世俗化的版本」❶。法索詳列十二項此一人文主義的特徵，其中最重要的有三: 第一，人有心智活動，能以想像力創造意象，故有別於其他動物; 第二，人的道德行爲 (ethics) 與他的文學行爲 (aesthetics) 息息相關，文品反映人品; 第三，人與文學的關係以道德爲重，美學次之。綜而言之，十八世紀的人文主義承繼了前期的人文主義，認爲宇宙有秩序，人生有目的。

〈論批評〉與〈論人〉皆載人文主義之道。波普以詩爲伸張道德力量的工具。詩的意象目的在解釋、描述和評估人生的意義。詩既旨在指涉人生，它的修辭便刻意充滿價值觀。載道教化性的文字，如柏克所言，需借助二元分立的意象，強調善惡、優劣、黑白之互斥性，方能達到說服的目的，其原因在於「中性的文字無法竟功，因爲無法導致行動」❷。柏克稱此二元各爲讚許性 (eulogistic) 與貶損性 (dyslogistic) 意象，前者包括人所欲求的一切，後者則爲人所厭惡而欲規避者。協調此對立二端而得之中庸德性，亦屬讚許性意象。波普的載道辭藻占有先天的優勢，因爲他寫詩的時代中，「道德的共同假設」（community of moral assumptions）❸ 仍然存在，讚許性

---

❶ 原文爲 "diminished and secularized version of the Christian humanism of the English Renaissance" 見 *The Rhetorical World of Augustan Humanism*, p. 11. Fussell 指出，除了 Johnson 和 Swift 之外，仿奧古斯都時期的文學家甚少言及教義。

❷ *A Rhetoric of Motives*, p. 96.

❸ Patricia Meyer Spacks, *Alexander Pope: The Argument of Images*, p. 197.

與貶損性的道德／文字的二元壁壘分明。

〈論批評〉所讚許的有才情（wit）、睿智（sense）、閒雅（ease）、自由、秩序、和諧等。這些德性都是執二元而得其中的結果。詩中將自然（Nature）與藝術（Art）對立，是綱領意象。波普稱許二者的調和，用建築的意象來表達兼具此兩端的理想的詩人／批評家／道德人：

A perfect Judge will raed each work of wit

with the same spirit that its author writ:

Survey the whole, nor seek slight faults to find

Where nature moves, and rapture warms the mind;

Nor lose, for that malignant dull delight,

The generous pleasure to be charmed with wit...

In Wit, as, Nature, what affects our hearts

Is not th'exactness of peculiar parts;

'Tis not a lip, or eye, we beauty call,

But the joint force and full result of all.

Thus when we view some well-proportioned dome,

(The world's just wonder, and even thine, O Rome!)

No single parts unequally surprise,

All comes united to th'admiring eyes;

No monstrous height, or breadth, or length appear;

The Whole at once is bold, and regular.

(233-252)

完美的評判者會詳讀才情之作，

不違作者寫作的精神：

綜觀全局，不吹求小疵，

不拒斥自然鋪展、熱情焗暖心智的文字；

不因惡意無聊之私心，致失

坦蕩之愉悅，亦不擯絕才思文采之魅力……

才情，類似自然，其中動人心臆者

恆非各個部分之精確無誤；

一張美唇一隻秀眼，難成美婦，

美者唯為集合眾力之功，為整體配合之結果。

正如吾人觀看結構勻稱之圓頂建築，

（世界之奇景，不遜羅馬之佳構！）

沒有突兀的部分，

整體的和諧令觀者讚嘆；

入眼沒有駭人的高度、寬度或長度；

整個建築既豪勇，又規則。


批評是藝術，是後天制定的紀律，必須能欣賞與容忍自然才情橫溢的
情趣。自然(想像力、創作天分)能動人心，批評藝術則訴諸理性規則，
二者之調和猶如建築之美，是豪勇(boldness)與規則(regularity)之和
諧無間。文學之美需要批評家融合情感與理智，兼顧作家的文字與精
神，運用判斷力來衡估創作才情，是對立二元之總合，猶如女性之美
是部分與整體之勻稱配合，是先天器官與後天儀態之綜合。自然與藝
術、部分與整體（「集合眾力之功」）雖對立互異，但又能融合無間，
是理想的中庸德性，適用於美人、建築物和批評家。另詩中有二個對
句，說明道德人、詩人與批評家三而為一，也需要尋求思緒與自律是

靈魂的調和:

To Rules of Poetry no more confin'd,
I learn to smooth and harmonize my Mind,
Teach ev'ry Thought within its bounds to roll,
And keep the equal Measure of the Soul.


不復受限於詩的規則，
我學習磨練心智，求得和諧，
教導思緒，不使逾矩，
而教靈魂亦能謹守尺度。

(Imitations of Horace, Ep. II. ii. 202-205)

寫詩與評詩的首要條件。詩之紀律源自心智與靈魂的紀律，人品之圓融與文品之圓融無異，皆始於謹守規矩。規矩限制中蘊含有自由。

類似的二元執中的意象也出現在波普早期的短詩〈致勃勞恩特女士函〉("Epistle to Miss Blount")中，呼應〈論批評〉中的意象。波普在詩中向這位年輕女子闡明婚姻的得失，女子在自由與安全的兩可之間若做單一的選擇，將受世俗婚姻制度之害。布饒爾 (Reuben A. Brower) 稱此詩的意象建立於個人自由與習俗桎梏之間的對比，鼓吹二者的結合，但也肯定習俗束縛的價值❾。在進入正題之前，波普先陳述自己追求自由的天性（21-30），指責一般文評家與道德家("Criticks in Wit, or Life")心胸狹窄，接著慨言女子的困境:

---

❾ *Alexander Pope: The Poetry of Allusion* (Oxford: The Clarendon Press, 1959).

Too much your Sex is by their Forms confin'd,

Severe to all, but most to Woman kind;

Custom, grown blind with Age, must be your Guide

Your Pleasure is a Vice, but not your Pride;

By nature yielding, stubborn but for Fame;

Made Slaves by Honour, and made Fools by Shame.

Marriag may all those pretty Tyrants chace,

But the last Tyrant ever proves the worst.

(31-38)

爾輩受其（道德家）局限，

身為女子，猶甚於他人；

老舊盲目的習俗，汝得遵從，

歡樂有失婦德，矜傲是為表率；

馴順已成天性，固執皆為令名；

爾已成名節之奴隸，羞恥心之愚臣。

婚姻雖驅逐了此等小暴君，

但最後的一個暴君卻是最糟的。

波普給予已婚女子的忠告是修身立德，克己而後能得內在自由，從心所欲而能不逾規矩的內在自由才是真正的幸福：

Trust not too much your now resistless Charms,

Those, Age or Sickness, soon or late, disarms;

Good Humour only teaches Charms to last,

Still makes new Conquests, and maintains the past:

Love, rais'd on Beauty, will like That decay,

Our Hearts may bear its slender Chain a Day,

As flow'ry Bands in Wantonness are worn;

A Morning's Pleasure, and at Evening torn:

This binds in Ties more easie, yet more strong,

The willing Heart, and only holds it long.

(59-68)

眼前所有難禦的魅力終不可恃，

或老或病，或遲或速，轉瞬將淘盡；

唯「好脾性」能使魅力長留，

征服新疆，保有舊土：

愛情，以美色為基石，將與之同朽，

美色之枷脆薄，細束吾心只能維持須臾片刻，

猶如結花成環，恣肆縱情；

早晨之歡娛，夜晚之棄屣：

「好脾性」是條細繩，柔而堅靱，

受縛之心甘之如飴，永矢不渝。

自由與束縛對立而能相輔相成。如何善用束縛來贏取自由，以自我約制來修養性情（「好脾性」 "Good Humour"），使一介女子能不受制於社會夫尊妻卑的習俗，反能駕御「家內暴君」之心，這是人格的真自由。波普以女子為例，兼論所有的人。

「自然」一詞，波普用以指山水，亦用以指人性。他用山水意象表現的依然是「秩序」這個主題，與浪漫主義詩的山水意象旨趣迥異。波普的山水意象目的不在描繪自然之偉岸奇譎 (the sublime in

Nature）或其超凡脫塵之美；這類意象的目的在藉外在自然的法則，喻人性的通則。詠景實為載道，用以歌頌統御宇宙與人性的秩序，是波普山水意象的特點。詠景載道的例子甚多，最有名的是〈論批評〉中的登山意象：為學如登阿爾卑斯山，峰迴路轉，山外有山，正如學問之進境，路途漫長不絕，使人心虛而生謙抑（219-232）。梯樂笙（Geoffrey Tillotson）認為此一意象具有濟慈山水意象之清新絕俗，但比之多了一份對人的關注 [20]，敍述為學以及為人之過程，高山仰止，見賢而收斂驕逸之氣，理解到宇宙和人性的秩序之理。稍晚期〈致伯靈頓函〉（"Epistle to Burlington"）中，波普描寫泰蒙的庭園毫無紀律章法，大而無當本末倒置，「眼中所見皆為錯置之自然」（120），獨缺「賞心悅目之複雜設計」（116），以古諷今，指責今人之驕奢，粗俗做作之庭園景觀反映扭曲的人性。

　　波普所稱許的美，是人工與天然的和諧，不賣弄而能合乎人所使用。質而言之，美即是合宜（sense），合乎人性自然，不追求極端，在變化中恆能保有秩序。〈溫莎森林〉（"Windsor Forest"）有此「繁雜而和諧」（concordia discors）之意象，與泰蒙的庭園正成對比：

> Here Hills and Vales, the Woodland and the Plain,
> Here Earth and Water seem to strive again,
> Not Chaos-like together crush'd and bruis'd,
> But as the World, harmoniously confus'd:
> Where Order in Variety we see,
> And where, tho' all things differ, all agree.

（11-16）

---

[20]　請參考 *Pope and Human Nature*, pp. 102-113.

此處的山谷丘壑，密林草原，

此處的大地水流，看似爭妍鬥艷，

但不相殘互傷，並不混亂，

實如廣闊之世界，亂中卻有和諧：

吾人只見大千萬象自成秩序，

物雖各殊，但融成一體。

世界萬象之所以有井然秩序，溫莎森林之所以是理想之山水庭園，歸功於各朝君王之善法，化荒漠為良土。自然之美需要人力來彰顯。人與自然互相約制但互利之關係非常明顯。

整治山水需良法，陶冶人性則需良知。波普倡導性惡論，與史威夫特同，視人為可以講理 (*rationis capax*)，但非為理性之動物 (*animal rationale*) ❷。人恆受情緒的左右，因此要發揚理性唯有仰賴教化。但是，極端之理性亦非妥當，是以執情和理之兩端，固守中庸，所得之常理 (common sense) 乃為人文主義之理想。此一美德使人說理而不囿於教條，凡事講求實用厚生而不空玄。具備常理，故能不絕情亦不濫情。能以理馭情，以情顧理，是謂合情合理。人性雖惡，但可以教化，有異於禽獸之頑冥。

情理平衡的意象貫穿〈論人〉一詩。此詩討論人的心與智的活動，以及兩者之間應該維持的張力平衡。簡單地說，心／智、情／理之二元對立，以智和理為重，但心和情之存在亦為維持二元間之平衡所必須。詩中有一意象，以航海喻人生，理智為羅盤方位圖，情感則為和風，船無風不動，但缺方位指標則不能竟全程 (II. 107-108)。

---

❷ 見 Swift 致 Pope 函，收於 George Sherburn, ed., *The Corre-spondence of Alexander Pope* (Oxford, 1956), ii, 325.

人沒有自愛之情感（self-love）則不會有行動，沒有理智（reason）則行動失去控制。情感爲啓動之力量，但沒有理智爲引導，達不到平穩的人格境界。

情理兼顧謂之常理，理中容情，猶如紀律中有眞自由。爲文要在傳統的大範圍中求個人才具的最大發揮，爲人則要謹守道德規範，在克己中求人格之解放。後者是〈致勃勞恩特女士函〉的主題，〈論人〉也闡揚了類似的矩（bounds）與福（bliss）的相互關係：

God, in the nature of each being, founds

Its proper bliss, and sets its proper bounds:

But as he fram'd a whole, the whole to bless,

On mutual Wants built mutual Happiness:

So from the first eternal Order ran,

And creature link'd to creature, man to man.

　　　　　　　　　　　　　　　　　　　(III. 109-114)

上帝各適萬物之本性，爲其策劃

恰如其分的福祉，也設下合宜的規矩：

宇宙爲祂所創，蒙祂賜福，

萬物互補所缺則共榮：

自最初永恒的「秩序」以降，

物與物銜接，人與人聯結。

宇宙萬物之關係如一鍊條，必須環結相連，才能兼保秩序與豐盛（plenitude）二大原則，使宇宙不致混亂，亦不致衰敗[22]。人既是鍊

---

[22] 秩序與豐盛爲 the Chain of Being 的二要素。請見 A. O. Lovejoy, *The Great Chain of Being* (Cambridge, Mass., 1936).

上的一環，應當謹遵本分之規矩，以求宇宙與自身之福。

人要嚴守本位，在野獸之無知與天使之空靈之間，求取平衡。自然野生不好，抽繹脱俗亦不好。當時的哲學家如里德（Thomas Reid）、柏刻來（George Berkeley）和謝富茲伯理（Anthony Ashley Cooper, third earl of Shaftesbury）皆稱許此一「常理」說㉓。波普在給友人的信中引申中庸之道德：「眾人夸談『如鋒芒纖細之理』、『高雅精緻之理』和『高深奧妙之理』；但是，就實用和快樂兩個目的而言，我寧取一般人之常理」㉔。通情達理之人（the Man of Sense）執情／理之天秤的中樞，一端爲復辟時期鬥智好辯的才子（the Man of Wit），另外一端爲一七四○年代之後愈益流行的性情中人（the Man of Feeling）。才子與性情中人皆代表偏頗之文品和人品，前者脱離常情，鑽研機鋒對話（repartèe），暴露貴族式的頹廢，後者縱肆淚水與激情，訴諸庶民之唯情感傷，皆不足取。

常理一詞已然涵蓋限制，指不乖違常態之理。常理的基礎是「識」，對世界與對自己的認識，肯定感官經驗的價值。常理亦是一種智慧，得自人類整體的經驗，實用且具普遍性，凡人皆能體會與表達：「（在常理中）我們找回自己心智的意象」（〈論批評〉，300）。常理是社會性的，它也嚴格要求個人遵守此社會性。相對於常理一詞，怪癖、兇暴、迂腐、狂熱、淺薄等，皆爲貶損性的品格特質。值得讚許的爲狂狷有度、言語中肯、度情量理的中庸品格。常理即公議之器（the instrument of concensus），由眾人執之，以此眾人之標準衡量個人之行爲㉕。

---

㉓ *Pope and Human Nature*, p. 6.
㉔ *Correspondence*, i, 306.
㉕ 請參考 David B. Morris, *Alexander Pope: The Genius of Sense* (Cambridge, Mass.: Harvard University Press, 1984), pp. 297-302.

人之異於禽獸者，在於他能培養常理，作爲行爲的準則。〈論
人〉中有一段關鍵文字:

> Know then thyself, presume not God to scan;
>
> The proper study of Mankind is Man.
>
> Plac'd on this isthmus of a middle state,
>
> A being darkly wise, and rudely great:
>
> With too much knowledge for the Sceptic side,
>
> With too much weakness for the Stoic's pride,
>
> He hangs between; in doubt to act, or rest,
>
> In doubt to deem himself a God, or Beast;
>
> In doubt his Mind or Body to prefer,
>
> Born but to die, and reas'ning but to err;
>
> Alike in ignorance, his reason such,
>
> Whether he thinks too little, or too much:
>
> Chaos of Thought and Passion, all confus'd;
>
> Still by himself abus'd, or disabus'd;
>
> Created half to rise, and half to fall;
>
> Great lord of all things, yet a prey to all;
>
> Sole judge of Truth, in endless Error hurl'd:
>
> The glory, jest, and riddle of the world!

(II. 1-18)

認識自己，莫妄想探究上帝；

人類本分的研究課題是人。

立足於中界之窄地，

兼具聰愚，偉岸但失謙和：

見識過多，難以信奉懷疑論，

意志貧弱，無法固守堅忍之德，

人懸身兩端之間；行止未定，

未知自身是神抑獸；

心智或肉體，難以抉擇，

有生則必死，能說理卻註定要犯錯；

理性不足，何異愚昧，

驕蠢天眞或過慮憂愁，沒有差別：

思想情感兩無條理，一片混亂；

犯錯自誤或改過遷善，永無休止；

居萬物眾生之間，上可升下則降；

為萬物之靈，卻又是萬物之口糧；

是眞理的唯一裁判，卻又陷於無盡的錯誤中：

是這個世界的榮耀、笑話，和謎題！


允執厥中的理想隱含著極大的挑戰，人需要彌補立足的鴻溝，調和兩端。約翰笙亦承認人性孱弱有缺憾[26]，但更加揄揚他明辨是非的努力。文丑之可鄙在於他賣弄淺薄的才學，鮮少自知之明，聖賢之過人，在他的自省能力，知道自己本是不完美。波普在他的一則散文記述中，用一個非常具體的意象，總結了這個似非而是的眞理：「最能證明吾人心智澄明的方法，莫過於明示它的缺失；正如溪清方能見底

---

[26] 見 Samuel Johnson, *Rambler* 43.

部之濁土；底有沈濁，方能令吾人相信水之純淨清澈」❷ 。人性的限制——其土濁的底質——是他的命定的困境，但不是絕境；知病才能健全心智，無塵無垢則不是人世。塵垢和清明之間，正是人所據以努力的範圍。

　　波普的意象不以生動驚人見長，這個長處屬於形上詩❷ 。他的意象平穩，常自日常生活取譬，引申日常現象與倫理道德間的關係。套用約翰笙的名喻，波普的目的不在細數花瓣上的紋脈，而在結合具體與抽象，闡明現象中的普遍眞理 (the concrete universal) 。實象和玄理的綜合體，是測試眞理的唯一標準。二元對立然而平衡，這個矛盾語解釋了波普詩的意象以及他人文主義主題的眞義。

# 三、波普詩的二元意象——
##　　　　「符義衍生」的變體

　　模仿論的意象解析方法，置倫理於美學之上，目的在明道，不在格物。並不研究載道之工具其構造如何。符號學解析法除了尋找每首詩作的「符義衍生」，還要解釋詩與詩之間的相互指涉，明示其間形式的一貫性。波普詩作有數百，本文第二節中所分析者不過百中之一二，但是由這些關鍵意象可以看出不同詩中相同的人文主義主題。此節的重點由主題轉向結構的詮釋。李法德的符號學理論，雖然舉例多自法國象徵主義詩取材，但是他在提出「符義衍生」觀念和方法時，曾明言法國象徵主義的詩（如瑪拉梅 Stèphane Mallarmè 的）是極

---

❷　"Thoughts on Various Subjects." 附於 Twickenham 版的一則注解中。見 *Imitations of Horace*, ed. John Butt, p. 9.
❷　Pope 與 Donne 之比，見 Patricia Meyer Spacks, *Alexander Pope: An Argument of Images*, pp. 41-83.

端的「符義衍生」例子。「符義衍生」並不是只能用在「不合文法」
(ungrammatical) 的超寫實詩之閱讀。李法德也以此法分析了傳統
詩人高蒂耶 (Thèophile Gautier)，有獨到的見解。本文襲借此法，
用來呈現波普詩藝的現代性：新批評之後的詩論，亦可以提供一套新
且有效的，詮釋波普的語言。

　　波普的詩最早與最晚相隔三十五年 ( 1700-1744 )。〈論批評〉
與〈論人〉分別出版於一七一一和一七三三年，兩詩之間卻有李法德
所言的「形式的一貫性」：中庸與常理兩個主題，由符號學的術語來
說，是兩詩的「文意」；兩詞的結構 —— 二元對立平衡——是「母
體」，由此母體衍生的變體交替出現於詩中，這些變體就是如上節中
討論過的諸種意象。

　　「符義衍生」的過程便是作品。換句話說，讀者在此作品（一首
詩或詩人的全部詩作）中所經驗的閱讀過程便是「符義衍生」的過
程，亦即作品中「母體」的變體或轉調的過程。「母體」變、轉，故
衍生出不同的意象。李法德說，母體可以只是一字或一詞。〈論批
評〉和〈論人〉的結構母體是「制衡」(check and balance) 一詞，
含蓋中庸、常理等等二元對立又平衡的主題意念。符號學的讀詩法應
用到波普，即在探討波普如何制衡眾多紛雜的意象，呈現出一個不變
的結構原則。此不變一貫的結構即為衍生符義的母體。模仿論以主題
意念為作品的中心；符號學詩論目的不在確認作品的中心主題，它確
認的是一個辯證不息的過程，是意象如何進行「亂中有序」的演進，
此一結構原則。

　　兩詩的矛盾對立的意象，第二節中已擇要分析。本節將只就二個
「制衡」母體的變體——「以才御才」和「福禍相倚」——來探討兩
詩形式上的一貫性。〈論批評〉架構龐大，意象繁雜，拜侖曾謂其

中「二十行裡的意象，其數目遠甚於其他同等長度的詩行中所有的意象」❷。但是，如波普在〈論批評〉中所自言，想像力（天縱之才）未若藝術手法（後天才學）重要：

Some, to whom Heaven in wit has been profuse,
Want as much more, to turn it to its use.

(80-81)

有人蒙老天厚愛，才思豐富，
卻拙於運用，雖有實無。

「運用」（"use" of wit）便是「制衡」，如何在才之多與少之間求得平衡，表達真才，善用結構是關鍵。

真才——「制衡」的結果——涵蓋創造力與紀律，是一矛盾對立的二元。「制衡」母體亦衍生變化出其他的意象：才思／明辨（genius/judgment）、自然／藝術、情／理、自由／限制等二元對立的意象（請見上節）。這些意象都是同義詞，由一個反覆性的結構模式（an iterative paradigm）串接起來，此結構模式即母體。〈論批評〉一詩誠如格林（Donald Greene）所言，章節不明，難免予人散漫的感覺❸。但是，自「符義衍生」的觀點來看，意象才是真正的結構原則，章節不是。〈論批評〉一詩結構的統一性，建立在「制衡」結構母體上，其中各個二元對立的意象彼此反覆參涉，而獲得累

---

❷ 引自 G. Wilson Knight, *Laureate of Peace: On the Genius of Alexander Pope* (New York: Oxford University Press, 1955), p. 24.

❸ "'Logical Structure' in Eighteenth-Century Poetry," *Philological Quarterly*, 31 (1952): 330.

積相乘的效果，使得全詩的「反覆性的結構模式」異常突出。若說此詩因意象豐富而使主題明顯，不如說由於意象具備「制衡」的符義衍生結構母體，而使詩義能清楚表達，並使意象之交錯出現能井然有序。自符號學的觀點看，〈論批評〉一詩的主題不是人／文指涉，而是它意象推展的辯證過程。結構即其內容，結構取代內容，成為詮釋的主要課題。

　　〈論人〉雖分成四個章節（「函」），但是形式的一貫性仍不在章節，而在意象的結構。「福禍相倚」是此詩的結構母體，衍生出的二元對立意象有「視／知（覺）」（seeing/perception）。波普服膺洛克的經驗論，認為人的認知過程始於感官經驗，接著達於心智，而有反省思索（reflection），由自然人進而為道德人。〈論人〉為哲理詩，以具象語言闡述抽象道理，其文類屬性已然含蘊此「視／知」兩端。「視」後緊接有推理活動，因此「視」也就是推理。視覺意象將視／盲兩端對立，此二元對立意象貫穿全詩。自然人短視（I. 19-22），而上帝視界無涯（I. 24-25, 81-89）。推廣言之，自然人無知，而上帝全知。

　　就人而言，視與盲、全知與無知之間並非福與禍的二分對立。「福禍相倚」的母體衍生出的意象，皆依循二元相尅相生而得平衡的結構原則。視／盲的意象源自此母體：

Cease then, nor ORDER Imperfection name:
Our proper bliss depends on what we blame.
Know thy own point: This kind, this due degree
Of blindness, weakness, Heav'n bestows on thee
Submit——

(I. 281-285)

莫再彷徨爭議，莫誤稱定律爲缺憾：
人之福分正繫於吾人所怨責者。
知所立足：人人皆有，程度適切之
盲視、弱點，是上天所賜之福。
要認分──

缺憾爲人生之定律；反之，此定律並無缺憾；人之所知不能逾分，否
則知足以招禍。維持知與盲間適當的關係，才是人類求福之道。〈論
人〉第一函始於「視」之意象：

Of Man what see we, but his station here,
From which to reason, or to which refer?

(I. 19-20)

吾人所見，僅人類處此世界之地位，
捨此（地位），尚有論人之依據乎？

而以前述「知」之意象結束。缺憾是定律，盲是福，知是禍，讚許性
與貶損性的修辭二元，在此得到辯證統合：人之所欲者非福，人之所
不欲亦非禍；欲與不欲之間，福與禍之間界限已失，代替此分界直線
的爲張力，牽制二端而不令任一端得勢。福禍相倚，人之本分福祉得
自其平衡張力。此「符義衍生」結構母體契合〈論批評〉的母體模
式，兩詩之間有明顯的相互指涉。模仿論以主題爲詮釋中心，符號學
則以結構爲作品眞義。前者探求符旨（the signified），後者認爲符
依（the signifier）的結構模式即符旨，探求此一結構模式是詮釋的

唯一合法行爲。

# 四、結 語

模仿論用鏡子的意象解釋文學之於人生猶如形像之於實體，或如果莢之於果肉。符號學大師巴特 (Roland Barthes) 則以洋葱喻詩，強調其層層重覆包裹，但無核心的結構。波普的意象之多，眾皆以爲是英國詩人之冠。本章僅僅討論了具有代表性的少數意象。例示雖未盡全，但是可以看出，此兩種詩論在實際運用時，一重主題，一重結構，大不相同。方法雖不同，兩種讀法的目的皆在於揭露「作品」中的秩序。兩種讀法皆肯定「作品」的存在。模仿論肯定它所載的道；符號學肯定它的架構，認爲詩是一個「封固的整體」（a closed entity）**❸** 。兩種理論或有新舊之分，一新一舊卻有一共同立足點。有此共識，兩種方法之不同遂在於所用之語言和運作之層次，而目的都在證明波普之「制衡」能力，能駕御繁雜的意象，呈現一貫的主題和結構。模仿論與符號學異中有同。Mimesis 和志在取代它的 Semiosis 之間，其實也可以有共存制衡的關係。獨尊未必不是禍，爭議可以是福。

---

**❸** Michael Riffaterre, *Semiotics of Poetry*, p. 2.

# 第四章
# 《文丑傳》：象徵與文化的建構

　　波普的眾多詩作之中，以《文丑傳》的撰寫費時最久，耗力最多。此詩攻擊當時的政客和文人，包括宰相渥波爾，桂冠詩人西擘和其他與波普交惡的個人。波普沿襲諷刺詩的文類成規，將修辭轉譯為道德符號，建立一套善惡對立的象徵系統，將賢與不肖置於價值天秤的兩端，建構一則新古典主義的反史詩（anti-epic）。傳統學者素來由古典文學的角度來詮釋《文丑傳》的象徵，扣緊維吉爾和密爾頓，解析波普如何扭曲兩位大家的先例，使得《文丑傳》中處處迴響《依尼亞德》（*The Aeneid*）和《失樂園》（*Paradise Lost*）的章節，敘述的卻是一個「文學的反基督」（the Anti-Christ of wit）的故事。其實，《文丑傳》的象徵架構不僅脫胎自古典史詩。波普私淑密爾頓，對於《失樂園》中充斥的基督教類型學（typology）也有所衍繹。自文藝復興起，英國文學的道統匯聚古典與基督教文化兩大源頭。波普為新古典主義的棟樑，悠遊兩者之間，為當時高蹈文學的代言人，為時人所共認。十八世紀初，精緻與通俗文化之間的對峙日益明顯。波普寫《文丑傳》批評通俗文化，捍衛他所珍愛的精緻文化，藉用史詩與類型學的傳統，加以扭曲，以達諷刺的目的。第二章曾略論《文丑傳》的修辭技巧，本章將自結構與文化的兩個角度分析《文丑傳》，同時視諷刺詩的寫作牽扯作者的主觀意識及其文化外緣，是

一種多重複雜的建構。

# 一、《文丑傳》的成稿過程

　　波普在一七二八年出版《文丑傳》，共分三卷，以當時知名的詩人學者提伯 (Lewis Theobald) 爲主角。一七二九年，他加添注腳，諧擬多烘學者，將筆下嘲諷的各個對象「考據訓詁」一番，標明詩行用典出處，詳述各人的「惡行劣跡」。此即《文丑傳附注版》(*The Dunciad Variorum*)。一七四二年他另撰第四卷，稱爲《新文丑傳》(*The New Dunciad*)。一七四三年他合輯前述三種版本，出版《文丑傳》的四卷版，主角改爲西墾。此詩寫作歷經十五年，長一千七百餘行，加上繁麗眩目的諧擬注腳，諷刺的對象率皆當時文壇和政壇的顯貴，砍伐之廣，戲謔之虐，在英國詩史上可謂空前絕後，不僅展現波普個人的文學「膽識」——他對敵人的怨怒之盛和對古典文學的掌握之精博——而且也爲他的時代保存了一份記錄，使得後人可以循詩文及注腳，尋找詮釋某段歷史中錯綜複雜的關係。由這個角度視之，《文丑傳》可以說是一則「不穩定」的詩作，交織著作者的主觀意識、個人歷史，以及當代宗教和政治的人際互動。

　　在波普的筆下犧牲的包括政客、代人捉刀的文人、學院派學者、報人、色情刊物出版人和藝術玩賞家。一七二八年五月，《文丑傳》出現在倫敦的書店裡，十二開本的簿冊子共約六十頁。作者未具名，只注明於愛爾蘭都柏林出版。波普用這個障眼法目的在暗示作者是愛爾蘭人，以保護自己，牽扯旁人。此外，詩中遭受訕罵的人名全用破折號代替，以增加神祕感，吸引坊間刊印「解讀」，製造熱潮促進銷路。如此一本爆炸性的小書在出版當天便造成轟動。時人賽維基

(Richard Savage) 這樣記述：

> 此書販售的第一天，一群作家圍住一間書店，或央求、或建
> 議、或威脅訴諸法律、或動粗，有的甚至大喊賣國罪名，只為
> 攔阻《文丑傳》出售。另外一個陣營裡，零售書商和街頭書販
> 則使盡力氣要取書到手。❶

波普故弄玄虛，沒有出面承認自己便是作者，甚至宣稱是他人仿作。
次年，波普正式出版《文丑傳附注版》，方始具名負責。全本共計一
百八十頁。另附有滑稽突梯的注腳，以及序文、附錄等，質量與諷刺
的效果俱皆驚人。

　　《文丑傳附注版》共三卷，敍述提伯在家中書房焚燒自己的作品
（詩、劇本及所編《莎士比亞全集》）向愚昧女神（Dullness）獻祭；
女神顯靈，挑選提伯為愚昧王國的新君；國人嬉戲作樂，舉國同慶；
去位老王昔圖（Elkana Settle）在夢中引領他登高一睹未來宇宙回復
洪荒黑暗的景象。波普諷刺文丑的基本構思和目的，在《附注版》中
表現無遺：既以華詞麗藻假意歌頌愚昧和敗德，復有史詩的典故和架
構來支撐與釐清眾多的人物和他們之間的關係網絡。但是，波普意猶
未盡，再於一七四二年出版《新文丑傳》，添墨加注，描寫昔圖預言
的實現，愚昧王國終於聳立在人間地上，人類文明之光逐盞滅絕。一
七四三年的四卷版《文丑傳》即後人所讀的定版。波普大幅修改前三
卷的文字，將主角（文丑首惡）換成西鄙。此一換角源於《文丑傳》
長達十餘年的寫作過程中人事及人際關係的變遷。

---

❶ *A Collection of Pieces in Verse and Prose, Which have been
Published on Occasion of the Dunciad* (London, 1732), p. vi.

提伯早年渾有詩名，中年時與昔圖合作編寫劇本，常有賣座鼎盛的默劇在倫敦演出。他也編注《莎士比亞全集》，於一七三六年出版，風評甚佳。一七二六年提伯爲文指出波普一七二五年出版的《莎翁全集》中的不少誤注，兩人從此交惡。提伯的批評據實合理，波普不得不敬謹接受，但是語氣梗直嚴峻，得罪少年得志的波普。一七四三年波普改《文丑傳》之時，提伯已經歲月磨鍊，頗孚眾望，《莎士比亞全集》的編輯事功有目共睹，而且此時他也已經退出劇場的活動，居家養老。此時若再以描黑貶抑的手法呈現提伯，形同無的放矢，諷刺詩人所賴以生存的正義形象 (ethos) 必定瓦解。此時文壇另有聞人西擘出現，擅寫喜劇以及扮演諧角，一七三〇年便擊敗對手提伯，受封爲桂冠詩人。他在一七四〇年出版自傳，努力爲自己吹噓文飾，更加引來沐猴衣冠之譏。波普與西擘文壇際遇不同（波普文名雖盛，卻從未得過官祿頭銜），文學品味不同（西擘走通俗路線），加以政治及宗教背景殊異，自然視西擘爲異類，於是決定以他爲敗壞風氣、摧殘傳統文化的新貴的代表人物。權威版《文丑傳》問世，立即引起西擘奮力反擊，和波普進行筆戰，成爲讀者茶餘飯後的熱門話題。

就詩論詩，《文丑傳》中最初以提伯爲靶的而舖陳的情節及文字，例如書房、默劇，以及諧擬提伯的文體，轉給西擘確有衣不合身的缺點。全詩唯一能烘托西擘特點的，是如泉湧不絕的嬉戲笑謔的諷刺效果。此詩的寫作既牽涉這層移花接木的個人恩怨，最後的定稿便予人「不連貫」或「不厚道」的感受。研究波普多年的知名學者梅刻認爲，此詩由於寫作歷史甚長，內容反覆修改，難免累積一份厚拙龐蕪 (awkward and waste) 的感覺❷。但是，讀者閱讀時感覺壓力，

❷ Maynard Mack, *Alexander pope: A Life* ( New Haven: Yale University Press, 1985) , p. 782.

其因在於波普的詩量既可觀質又綿密，並非由於他寫作時毫無章法。解讀《文丑傳》可以從它的象徵架構著手，檢視波普如何襲用並且逆轉古典史詩及基督教類型學的既有成規。

## 二、《文丑傳》的象徵架構

　　波普襲用維吉爾的長詩《依尼亞德》的情節作爲《文丑傳》的背景架構：依尼亞士在特洛伊城破之際揹父攜子西逃至羅馬古址，建立羅馬爲新國新族的中心，象徵秩序、虔敬、責任和尊榮，俾與東方舊土所象徵的奢侈頹廢形成對比。依尼亞士做爲英雄的宿命就是捍衛上述羅馬人的文明美德，進而維持歐洲世界的永久和平。《文丑傳》第一位主角提伯的宿命類似依尼亞士：他要領導倫敦舊區文丐街環圍的作家族人向西揮進，直搗西敏區，建立愚昧王國的永久基業。自十七世紀末倫敦急速都會化以來，「市區」(The City) 在精英雅士所營造的神話中，被賦予與中下階級相關的種種負面形象：貪財好利、附庸風雅等，而寄居在文丐街中的文人，倚靠撰文維生，所寫包括言情小說、阿諛書序、人身攻擊及色情緋聞，吸引日增的市井讀者。這個形象確實有它的歷史依據，但是在波普的筆下被誇大爲一股邪惡卻又帶著小丑況味的勢力，是一股抵消人類精神文明的禍流，企圖西進淹沒西敏區所代表的文化和政治的秩序。波普在《文丑傳附注版》中說：「《文丑傳》的情節便是愚昧王國如何將其帝國寶座由『市區』遷移到文明的世界；正像《依尼亞德》的情節是特洛伊如何遷移到拉丁姆平原。」❸

---

❸ John Butt, ed., *The Poems of Alexander Pope* (New Haven: Yale University Press, 1963), p. 343. 下文所引 *The Dunciad Variorum* 及 *The Dunciad* 皆依據此版本。

　　波普在舖陳全詩一貫的反史詩架構時，一方面同時呈現二個平行卻價值顛倒的事例，一方面則維持高度的戲謔語調。他藉「作家馬丁」（Martinus Scriblerus）之口，夸夸其談「喜劇史詩」，謂荷馬的《依利亞德》和《奧德賽》啓迪了後人寫作悲劇，他的喜劇史詩 *Margites* 歌頌馬皆替士（Margites）的勛績。此人爲史上第一位文丑，因此荷馬的這部史詩是文學史上第一部《文丑傳》，也是第一部史詩，寫成年代要早於那兩部悲劇史詩❹。馬丁繼續說，作者波普既已成功翻譯荷馬傳世的兩部史詩，於是深感責任重大，必須「仿作」（imitate）失傳的另一部，並且沿用《文丑傳》的詩名。

　　在由馬丁執筆的序文中，波普透過嬉鬧的諧擬，實踐了諷刺詩的成規：詩人訴諸諷刺文類，因爲無法忍受由於紙價低賤而引致大量三流文人的出現；他所攻擊的人，散播謠言，敗壞文風，使得一個「誠實的諷刺詩人」（“an honest satyrist”）無法坐視容忍，必須挺身而出「儆戒愚者，懲罰惡徒」（“to dissuade the dull and punish the malicious”），目的在報效國人。朱文納所樹立的文類成規，諸如：詩人的品德、愛心和正義感等，都被波普襲用來作爲修辭的策略❺。

　　《文丑傳》的架構和語調是史詩的與嬉鬧的。波普利用小題大作的策略，扭曲荷馬和維吉爾的典故。史詩中的成規，各皆轉化成相關情節，出現在《文丑傳》中，讀者可以明顯體會引典出處。史詩的例行公式，例如吟唱人向繆思祈求靈感、向讀者明示他的主題、自事件高潮點起講、王位繼承、誓師行軍、檢閱軍容、獻祭、軍旅中的體能競賽等，在詩裡拼湊成繽紛瑰麗的宏偉假象。在高調文字的背後同時

---

❹　*Margites* 是一部失傳的喜劇史詩，作者及寫作年代皆不詳。亞里斯多德認爲是荷馬的佚作。後世公認爲喜劇的先河。

❺　參見本書第二章〈語調和說話人：諷刺詩的修辭傳統〉。

透露出詩人扮演丑角發出的輕蔑與嘲弄。詩人要吟誦的是：

...how the Goddess bade Britannia sleep,
And pour'd her Spirit o'er the land and deep.

(I. 7-8)

愚昧女神如何讓不列顛國從此長眠，
把她的靈灌注在境內的曠野幽谷。

愚昧女神是全詩的中心暗喻。波普描寫她的特質和勢力，借用《失樂園》的典故，把她暗比爲與上帝對立的一股勢力，代表除之不盡的邪惡、昏昧和鄙俗。她是「萬能的母親」（ the "Mighty Mother"），多產劣子（"Behold an hundred sons, and each a Dunce"）（ III. 138 ），面目恆在煙靄籠罩之中，無形虛幻。她是「『渾沌』與『永夜』的女兒」（"Daughter of Chaos and eternal Night"），自出生便承繼祖宗的帝權，「以本性的無政府型態統治人心」（"rule, in native Anarchy, the mind"）(I. 9-16)。密爾頓寫撒旦的惡，在第二卷寫撒旦脫離地獄九重門的禁錮，飛越「渾沌」的轄區搜尋上帝新造的人類，意謀加害。他側重神學宗教的涵義。波普寫愚昧之流毒，側重其文化的殺傷力。西孛既是她的嫡傳繼位者，便也承繼她「本有的黑夜」（"native Night"）(I. 176)。他登基爲王之時：

...All eyes direct their rays
On him, and crowds turn Coxcombs as they gaze.
His Peers shine round him with reflected grace,

New edge their dulness, and new bronze their face.

(II. 7-10)

眾人將目光投向

他，看著時，都變成儀表非凡的傻子。

左右朝臣輝映他的光彩，

愚昧增添了新的力道，臉龐有了新的厚度。

西犖及其他九十九個文丑兄弟是不折不扣的「反智英雄」（antiwit heroes），與文明背道而馳。

如果說愚昧女神是《文丑傳》全詩的樞紐意象，並不為過。波普文采耀目，引典矯捷如天馬行空，常令讀者苦苦在塵土泥地上仰望追逐，備感艱辛。他的反史詩企圖很多都藉由語調透露，似褒實貶，文字和文義之間貌合神離。在第二卷裡有一則具體的反史詩手法，仿效史詩中常有的體能競賽，波普讓眾多的出版界和文壇敗類進行潛水游泰晤士河比賽，看誰才是文丑中的翹楚。這段情節諧擬史詩中英雄的「冥府探遊」，它下墜的方向正契合愚昧勢力之為「墮落」的象徵。潛水競賽在倫敦最喧鬧的角落舉行，正是艦隊圳（Fleetditch）挾全市垃圾傾瀉而下，注入泰晤士河的所在。波普的好友史威夫特也曾在短詩〈城市雨景一則〉（"A Description of a City Shower"）中，以此巨大的排水溝藏污納垢（有魚肉市場丟棄的內臟、菜葉，和貓狗屍體及糞屙），象徵市區新興商業文明。在參加者中波普特別凸顯兩人——劇作家登尼士（John Dennis）和桂冠詩人尤什頓（Laurence Eusden）——用以代表攀附朝廷的文丑。他們載浮載沈在穢物之中，遵母命比賽誰「最喜愛穢物……最擅長塗墨抹黑（別人），最能污染河水」（"who the most in love of dirt excel…

/Who flings most filth, and wide pollutes around/The stream
...") (II. 277-280)。

　　愚昧女神的兒子們另外進行一場競賽,看誰能支持最久,不被二名詩人的詩歌朗誦催眠。這場競賽沒有贏家。新王西擘頭枕在母后的膝上沈沈入睡,隨後於夢中得示異象,登至山頂(一如摩西、依尼亞士和《失樂園》中的亞當),將過去、現在和未來盡收眼底。他看見愚昧的勢力持續地西進,愚昧王國將和東方焚書的皇帝、南方虎視眈眈的回教徒,以及滅亡羅馬帝國的北方蠻族,一齊統治古老的文明世界。波普的意象經營至此,愈益與基督教的末世論相結合。「反創造」(anti-creation)——文明開倒車——的主題,在第四卷中完全藉由逆轉基督教的歷史觀及象徵架構,來表達:上帝成為「愚昧」;創造者成為反創造者;基督成為反基督;「愚昧」建立一個教會;聖餐禮成為撒旦的黑色彌撒; 文丑們成為這支新宗教的護法教士, 在「新天新地」中頂禮膜拜。

　　早期猶太人利用類型(types)的傳承來詮釋預言, 預卜民族的未來。這個方法隨著時間而發展,逐漸形成精密繁複的象徵系統,拿來解釋《聖經》的隱義。到了十七世紀,英國文壇充斥著類型學的各種俗世的應用,已經跨越神學的範圍,舉凡神話、政論、詩(抒情和諷刺類)和小說等,皆可見到類型學的詞彙和象徵架構❻。類型學原為釋經學的一環,主要目的在釐清《舊約》的奧祕、《新約》中的啓示,與眼前歷史事件的疑實隱晦。在聖經類型學架構中, 單一的事件、個人、符號或表現手法皆可以具備預言的功能。就詮釋《聖經》

---

❻　類型學在文藝復興及啓蒙時期有長足的發展。請參見 Paul Korshin, *Typologies in England 1650-1820* (Princeton: Princeton University Press, 1982)。

而言，類型學主張《舊約》「預先描繪」(foreshadows)《新約》，而《新約》「完成」(fulfills, consummates)《舊約》。例如，亞當是基督的「類型」，而基督爲「反類型」(antitype)，是「最後的亞當」(〈哥林多前書〉15：45)，祂糾正亞當在伊甸園犯的罪，應許一座新的耶路撒冷城❼。

波普早期的詩作中已經運用過類型學的概念。在〈彌賽亞〉("Messiah")借以賽亞預言基督的降生作爲中心意象，〈致柏茲赫書〉("Epistle to Bathhurst")及〈溫莎森林〉也經營「基督類型」的意象❽。波普對類型學的興趣及熟稔，在《文丑傳》中尤其明顯。此外，新古典時期的詩人熟讀密爾頓，波普亦不例外。《文丑傳》的反史詩布局有《失樂園》的影子，在類型意象方面，波普表現出更多仿效比塙密爾頓之心❾。威廉士（Aubry Williams）曾經指出，《文丑傳》中的「反創造」基調源自《失樂園》中密爾頓對撒旦角色的詮釋，而前者中的宗教成分更是一個「神學的意象」經過逆轉而

❼ 時人 Samuel Mathew 對類型學在十七世紀的普及情況及其內容有詳細敍述，提供寶貴的第一手資料: *The Figures or Types of the Old Testament, by Which Christ and the Heavenly Things of the Gospel were Preached and Shadowed to the people of God of Old Explain'd and Improv'd in Sundry Sermons*, 2nd ed. (London, 1795).

❽ 見 Paul Korshin, p. 97.

❾ 研究密爾頓與類型學的關係最受推崇的爲 William Madsen, *From Shadowy Types to Truth: Studies in Milton's Symbolism* (New Haven: Yale University Press, 1968). 類型學的應用因詩人本身的宗教派別不同而有異。密爾頓是清教徒，與天主教徒的波普在神學詮釋方面不一樣。恩典與事功何者重要 (grace vs. good works)，以及反基督的認定，波普未追隨密爾頓。清教徒指羅馬教廷即爲反基督，天主教徒以撒旦爲反基督；清教徒認爲恩典爲絕對的救贖原因，天主教徒則肯定事功。此外，波普寫作重道德教化的功能，密爾頓則以彰顯神學爲首要目的。波普爲密爾頓的文學信徒，而非神學同道。

成❿。

　　文丑便是撒旦，就是文化意義上的反基督。詩中甚多段落持續地建構這個暗喻。第二卷開始時西孛盤踞皇座上，就像撒旦坐在地獄的皇座上（《失樂園》II. 1-5）；第四卷中新王接受朝臣覲見一景，類似密爾頓筆下的「群魔殿」（Pandemonium）。文丑們為數眾多（III. 85-90），有如撒旦的嘍囉，像蔽野的蝗蟲和南灌的蠻族（I. 351-354）。《文丑傳》的吟誦人向「渾沌」及「黑暗」呼求靈感（IV）諧擬《失樂園》的吟唱人向「光明」祈求協助（III）。波普最主要的比擬是：「愚昧」企圖西進收復國土，正如撒旦企圖毀滅上帝所造的世界，回返太初的渾沌和黑暗。這個比喻是《文丑傳》敍事結構的主幹，也是它象徵手法的核心。經過逆轉，文丑霸業的發展史就是基督教《聖經》上所記載和預言的，從創世到末世的人類歷史。

　　類型學的歷史觀是直線的，也是周而復始的。類型重覆出現，並且向前演進，最後集蓄成就於一個最終的反類型。從創世到千福年（millenium）的基督教歷史觀，便是由直線和循環二個相剋相輔的力量互動，向前推進。千福年結束時撒旦將從地獄脫身，反基督的時代從此來臨。《文丑傳》直指西孛為反基督，為撒旦，愚昧女神則是《聖經啓示錄》中隨侍反基督身旁的巴比倫的淫婦（第十七、二十章）。第四卷開頭，愚昧女神「聖駕降臨，下凡前來毀滅『秩序』與『知識』，代之以愚昧王國」（Argument）。波普刻意營造神學與文化的兩層涵義：他利用類型學的詞彙和用典來強調文化的末日就是

---

❿ Pope's *Dunciad: A Study of its Meaning* (Archon Books, 1968), p. 142.

靈魂的末日。

《文丑傳》仿史詩「從高潮講起」的成規，選擇千福年結束時，反基督的加冕登基，做爲情節的開始。全詩緊扣《聖經啓示錄》的末世地獄景觀。文丑在此時如惡鬼出閘：

Hence Bards, like Proteus long in vain ty'd down,
Escape in Monsters, and amaze the town.

(I. 37-38)

於是，詩人就像海神普羅替士，鎖鍊終究銬不住，
像妖魔奔竄，驚擾著全境。

普羅替士雖典出歐維德，但是此處的比喻實是逃出地獄的撒旦。第四卷中愚昧女神俘虜各種知識，在她的腳凳旁

…Science groans in chains,
And Wit dreads Exile, Penalties and Pains,
There foam'd rebellious Logic, gaggg'd and bound,
These, stript, fair Rhet'ric languish'd on the ground.

「科學」銬在桎梏中呻吟，
「文才」畏懼「流放」、「刑罰」和「痛苦」，
倨傲不馴的「邏輯」口角吐沫，塞了口箝並五花大綁，
窈窕多姿的「修辭」衣衫盡袪，委頓在地。

「數學」是唯一鎖銬不住的，因爲「瘋癲過頭，區區有形的鎖鍊那裡羈絆得住」("Too mad for material chains to bind")(IV. 32)，但

是文學繆思「被加諸十倍的綑綁」（"are held in ten-fold bonds"）
（35）。愚昧女神對待「文才」最爲嚴苛，「修辭」遭到強暴，剝去
華麗的外衣。千福年結束之時，善惡的主從地位立即逆轉。波普認爲
一七四〇年代的英國文壇商業掛帥，劣文充斥，彷彿群魔盡出的末
世：「猶如蝗蟲壓境覆地，密實厚黑」（"thick as Locusts black'-
ning all the ground"）（IV. 397），像《啓示錄》所描寫：「蝗蟲
從煙中出來，飛到地上」（9: 3）。

　　《文丑傳》的最後三十行寫大地回歸渾沌，覆蓋在「宇宙的黑
暗」（"Universal Darkness"）之下。基督教的類型學建構一個前進
向上的心理期盼，在此處的逆轉造成強烈的諷刺效果。在諧擬類型學
的架構中，西擘向「愚昧女神」獻祭時是亞伯拉罕，在登山頂觀景象
時是約書亞，倚在「愚昧女神」膝上時是亞當，在塗油加冕時是耶
穌。經過逆轉，西擘最後的角色是反基督，是天堂的叛徒也是人類
的死敵。波普筆鋒掠過許多時人，其中他稱爲「至高無上的暴君」
（"Tyrant Supreme"）（IV. 603）的便是權傾一時貪污犯法的宰相
渥波爾。波普基於人身安全，不能過分譏刺這位執政惠格黨的頭號惡
人，但是運用迂迴手法，暗指他爲反基督西擘背後的邪惡勢力。是他
而致「不列顛尼亞長眠」（"〔making〕Britannia sleep"）（I. 7），
成就了一則「偉大的文丑傳」（"Mighty Dunciad"）（IV. 604）。

# 三、《文丑傳》的政治與文化外緣

　　波普在漢諾威王朝的治下，是個政治的邊緣人。由於他天主教徒
的身分，在當時的政經環境下飽受排擠，一輩子擺脫不掉叛國、親教
皇分子（papist）的嫌疑。他生於一六八八年。是年，國教徒發動政

爭逼退篤信天主教的詹姆士二世，史稱「光榮革命」，是天主教徒與
國教徒自伊麗莎白女王即位前後以來，多年鬥爭較勁之後，國教徒的
大勝利，也是天主教徒的大挫敗。十八世紀初，安妮女王溫和統治，
天主教徒稍得喘息。但是，安妮死後無嗣，英國王位遂由德國小郡漢
諾威家族入繼。此後數十年天主教徒處境更為艱苦，生活有如賤民，
例如，不能任公職或軍職； 旅行範圍超過五哩必須申請許可； 不能
任醫師或律師，如有血親已改信國教，此人可以要求無價接收他的土
地；擁有土地者加倍課稅⓫。波普雖處逆境，不改宗教，加之思想保
守，維護傳統價值，因此在漢諾威王朝統治下未曾得朝廷眷寵。他結
交的朋友率皆與朝廷當權派不和之士，例如史威夫特、蓋約翰、帕奈
爾和安妮女王御醫亞布士諾。這群朋友構成「塗鴉會」的核心。

　　波普著手寫《文丑傳》之時在經濟上已經能自給自足。他在一七
一六年至一七二〇年之間譯完荷馬史詩《依利亞德》全集，由書商陸
續出版銷售，令他名利雙收⓬。此時的他不用向權貴靠攏乞求贊助，
更可大力揮灑他的文才，撻伐他的政壇文壇的敵人。何況，在鬥爭紛
擾的政壇與文壇，諷刺詩永遠不乏讀者。

　　《文丑傳》的寫作動機直接或間接皆與漢諾威王朝有關。一七一
四年喬治一世即位，波普的一幫托利黨朋友相繼失勢。安妮女王對史
威夫特的承諾沒有兌現，朝廷沒有位置給他，史威夫特黯然前往愛爾
蘭屈就閒差； 帕奈爾隨後也流放愛爾蘭； 巴陵布羅克 (Henry St.

---

⓫　見 Basil Williams, *The Whig Supremacy, 1714-1760*, 2nd
ed., revised C. H. Stuart (Oxford, 1962)，pp. 68-69.
⓬　波普譯書與銷售同時進行，採預約方式，讀者反映熱烈。在譯荷馬之
前，波普已累積了相當的詩名。但是，為了促銷《依利亞德》（以及
一七二五年的《奧德賽》），他謹慎慎奮，積極進行。細節請見 Pat
Rogers, *Essays on Pope* (Cambridge University Press, 1993)，
Chapter 12.

John Bolingbroke) 曾任前朝要職，新王登基後被罷黜，出走法國；亞布士諾被降調平民醫院行醫；蓋約翰只落得爲二歲的小公主管理內務；另外還有被捕判罪的⑬。政壇由渥波爾一手遮天，文壇自然便有許多攀緣附會的文丑。波普動手寫作時想必是充塞著爲自己也爲朋友而生的憤懣。「塗鴉會」的其他成員對《文丑傳》的孕育都有推波助瀾之功。在《附注版》的序言中，馬丁解釋此詩的寫作動機，對文丑極盡譏諷之能事：

> 在作者處身的時代裡（由於上帝的旨意，
> 人類發明了印刷術來鞭撻飽學之士，處罰他們所
> 犯的罪）紙張價賤若此，出版商量多
> 至此，使得作家有如洪水澤地。

在波普之前，德來頓也曾寫〈麥克弗列可諾〉諷刺當時桂冠詩人謝德威。波普處理同樣的「愚昧」主題，頗有見賢思齊的用意，在意象及文字的選擇上也看得出他對前輩的景仰及仿效。但是，兩首詩基本的不同在於，德來頓諷刺的是單獨的個人，波普則把境界提升至政治及文化的層面，攻擊一群團體，哀嘆文學的淪喪。波普崇古非今，和史威夫特一樣，在「書籍的戰爭」(the Battle of Books)中效忠傳統，主張精緻的辭藻與永恆普遍的價值觀。新古典主義所推崇的秩序、紀律和克制等，隨著詩的文類（以及代表此一理想的英雄對句）的式微，已經日薄西山。散文文類的風行，平民作家（精神及社會地位二

---

⑬　詳見 G. V. Bennett, *The Tory Crisis in Church and State 1688-1730: The Career of Francis Atterbury Bishop of Rochester* (Oxford, 1975).

層意義的）的大量出現，以及庶民讀者（不識古典文學的）的興起，卻是他所不樂見的。政治上，渥波爾政府的急利重商、貪污腐敗，豢養許多小人，喬治一世不懂英文，遑論喬叟和莎翁，這一切都讓他和朋友覺得陰暗灰冷，文明無望。他是個成功的作家，但是出版文化日漸成形，書商可以指定作家創作特定的體裁，迎合庶民的品味，他憂心的是鬻文成為時尚，文品日趨下流，文學終將淪為商品，更有甚者，淪為朝廷的工具。

波普眷戀古典的朝廷文學模式：千里馬得伯樂，才子得明君的賞識。羅馬的奧古斯都皇帝吸引一群文士，包括維吉爾、何瑞思和歐維德。英國的查理二世有德來頓為他寫〈押沙龍與阿希多〉。稍遠，莎翁的時代朝廷亦扮演鼓勵文學的角色。他自己的時代完全變色。重商主義的政治氣候不利文藝的花朵，是一個原因。另一個重要原因是，喬治二世雖比父親多識英文，但是對文學深懷惡感，偶往劇院觀賞嬉鬧的通俗劇，如西撃的作品，對詩及繪畫則不屑一顧。史家如此寫他：「國王經常夸談他對書本及文學的輕蔑；說他自襁褓時期即懷憎惡；說他猶記少時 …… 鄙視讀書，覺得有辱自己的身分」❹。《文丑傳》中寫倫敦的劇院區日日人滿為患，但是嚴肅優秀的劇本卻遭禁演；蓋約翰的《乞丐歌劇》(*The Beggars' Opera*) 諷刺渥波爾，遭禁；菲爾定在一七三七年朝廷頒布「特許法案」(The Licensing Act) 執行演前送審劇本之後，轉而寫作小說❺。朝廷箝制文學創作

❹ John, Lord Hervey, *Some Materials Towards Memoirs of the Reign of King George II*, ed. Romney Sedgwick, 3 vols. (London, 1931), I, 261.

❺ 請參考 John Loftis, *The Politics of Drama in Augustan England* (Oxford: Clarendon Press, 1963).

與言論自由，用以打壓異己。莎翁藉著戲劇的創作，由民間登上廟堂；相反地，波普自許爲朝廷作家，文學的貴族，卻無奈地發現庶民輕文重商的勢力已然侵入了朝廷。

諷刺詩在波普的時代已經失去了它百年以來的光彩。十七世紀的政治波濤，歷經伊麗莎白女王死後的王位繼承，國教徒與天主教徒的角力拔河，清教徒的弒君改行共和，到復辟以及漢諾威王朝的海外擴展，英國的社會逐漸開放，中產階級日益抬頭。英國逐漸鑄造出一個國家意象：新教的與重商的⑯。一七四〇年代之際，英國的讀者有許多認同狄福所代表的價值，包括文類（新聞體和小說）以及意識型態（清教的個人主義）。波普的文才——古典的、菁英的，讀來費勁的——慢慢地失去了吸引力。一個珍視時間、金錢與效率的社會需要的文學是易讀好懂、樂觀進取的。散文吞食了閱讀的大眾市場。此外，十八世紀中葉時已隱然成形的浪漫詩注重唯情抒情，描繪山水，所表現的主題是「天人和諧」的感性與心智空間的無限與深邃，已經不是新古典主義所著重的個人德性、人際關係與社會秩序了。十九世紀浪漫詩將感性詩（poetry of sensibility）推展到極致，無怪乎波普所代表的知性詩（poetry of sense）成爲眾矢之的。

每個時代都有它的主流品味與偏鋒品味，互爭勝場。文學史的演進是辯證鬥爭，主客易位。品味是經過修辭包裝的意識型態，由歷史的其他條件（政治、社會和經濟的）來決定成敗。品味也參與塑造文化史。新古典主義高舉「模擬」（mimesis/imitation）爲它的意識型態，確立文學模擬人生，後學模擬先輩，爲其不變的信念。《文丑傳》在題材上模擬「高蹈文學之傾圮」，在形式上逆向模擬史詩

---

⑯　見 Linda Colley, *Britons: Forging the Nation 1707-1837* (New Haven: Yale University Press, 1992).

與聖經類型學。創造如此鉅大的諧擬之作，波普本身的修辭功力是成敗的關鍵。修辭乃是中性的文字武器，得者皆可用之。學者曾指出，諷刺文學為「寄生性質」 (parasitical) 的文類，它需要一個外在的實體來提供給它寫作的養分：諷刺文類「經營一個虛構的世界，用以調侃外面世界的人與物」⓱。波普寫《文丑傳》，抱有強烈的政治企圖：他在為日漸衰微的新古典主義做唐吉訶德式的最後搏擊。

這個企圖同時也是個人的。波普一生在逆境中求生存，不但是社會及宗教上的邊緣人物，更因為自幼體弱背駝，常受人訕笑，於是養成自衛自負，睚眥必報的性格。《文丑傳》的虛構世界是一個集合了個人情感、公眾事實，以及文學想像的複雜組合。詩中的文丑在當時不見得個個為知名之士，值得波普如此痛加貶損。而且，也有若干情節可以說是私人仇怨。羅夫(James Ralph) 對一七二八年出版的《文丑傳》有負面意見，戲稱波普為「酸尼」(Sawney，為 Alexander 的不雅小名)。波普在第三版 (III. 159-160) 及第四版 (III. 165-166) 中馬上報復，在注腳中稱羅夫寫了「一堆簡直毫無價值的劇本和詩」。另外一個眾所周知的例子是，提伯與他結怨純粹因為批評他所編《莎翁全集》中的錯誤注解。時間及輿論證明提伯的莎學功夫勝過波普，《文丑傳》的第四版才以西肇取代了提伯。約翰笙評《文丑傳》，說它月旦人物的標準令人生疑，因為提伯和西肇「品格完全相反」，波普輕易地以此代彼，最後傷害的是自己⓲。一百個文丑縱或不是完全錯殺，至少有部分是私怨的犧牲品。此外，波普倚藉諷刺詩文類

---

⓱ Sheldon Sacks, *Fiction and the Shape of Belief* (Berkeley: University of California Press, 1967) , p. 26.

⓲ Samuel Johnson, *Life of Pope*, in *Lives of the English Poets*, ed. G. B. Hill (Oxford: Clarendon Press, 1905) , III, 186-187.

的成規，把詩中的自己塑造成悲劇預言家， 放眼濁世洪流， 義憤填膺，不齒「高高在上， 無耳厚顏的狄福」（"Earless on high…unabashed Defoe"）（III. 147）。波普和狄福之間並無私怨，只因分據高踏和通俗二個文化上的對立點，因而以其為文丑之一。我們因為擁有歷史的後見之明，而能明瞭當時波普當局者迷的文化變遷。波普與狄福的差異是文化認同的分歧，而不是道德或絕對美學價值的優劣。

波普是新古典主義的喉舌詩人，在質量二方面都堪稱直追前人。維吉爾、史賓塞和密爾頓尤其是他仿效的典範。波普的文學教育是古典式的， 篤信文類的分野及彼此間的位階關係。 他年少時創作田園詩，陸續嘗試詩函（epistle）、諷刺詩和詩論等各種文類，平生的大志也是寫出一則驚天動地的史詩，能與前賢同列士林。這個願望只完成部分：《秀髮劫》是一部諧擬史詩（mock-epic），而《文丑傳》則是一首反史詩式的諷刺詩。《文丑傳》諷刺文丑的滑稽行徑只是它戲劇式的外表，它敘述的真正的悲劇是古典文學的死亡，而不是它的不朽。波普用形式來模擬主題。《文丑傳》的敘事策略交雜喜劇、鬧劇和悲劇的素質，刻意具現當代文壇文類的混亂――菲爾定的《湯姆瓊斯》很嚴肅地宣稱此小說為「喜劇散文史詩」即為一例 **⑲**。嬉謔的文字掩不住波普深沈的焦慮與文化的失落感。《文丑傳》的複雜性根植於一個複雜的創作心靈，以及一個動盪變遷中的文化。

---

**⑲** 另外，理查遜的《克拉麗莎》以書信體的形式企圖達到悲劇及喜劇的雙重效果（類近 divine comedy），講個人意志與禮教間的衝突。菲爾定和理查遜混合文類， 認真將事， 與波普的心態南轅北轍。 波普對文類的執著是他創作的力量， 也是他焦慮的來源。 參見 Leopold Damrosch, Jr., *The Imaginative World of Alexander Pope* (Berkeley: University of California Press, 1987), Chapter 9.

# 第五章
# 英國小說探源：文化歷史論

　　和詩歌、戲劇相比，小說之爲一個文類，濫觴甚晚，身家模糊。四十年來論者雖多，但是有系統的論述卻屈指可數。在此之前，十九世紀的學者探索英國小說的起源，每每熱中復古，努力爲其造勢揚威，總是在希臘羅馬神話、中古傳奇，甚或是《優斐傳》(*Euphues*) 等高蹈散文敍事體中尋根，似乎不如此，小說就永難擺脫庶出的陰影。海茲立特（William Hazlitt）曾經自另一個角度爲小說辯護。認爲小說雖然比詩歌缺少了一些與神祇間的靈交，但是它「細緻地模仿人與人世的風情，顯然比詩歌多了一分人性況味，並且也最能啓發吾輩多加認識人情世故。」二十世紀前半葉，此種模仿論及目的論得到崔陵（Lionel Trilling）加以發揚，謂：「於今之世，最能有效地運作道德想像力者，乃是已有二百年歷史的小說。」❶ 自此，雖有部分衛道者持續投以狐疑的眼光，小說卻能逐漸躋身士林和書坊，成爲文學創作、評論與消費的主要產品。

　　一九五〇年代討論小說文類發展的學者有艾倫（Walter Allen）、范耿(Dorothy Van Ghent) 和瓦特(Ian Watt) 等人；七〇年代至今，

---

❶　William Hazlitt, 見 Walter Allen, *The English Novel* (New York, 1955), p. xvi; Lionel Trilling, *The Liberal Imagination* (New York, 1950), p. 56.

則有卡爾 (Frederick R. Karl) 、阿姆斯壯 (Nancy Armstrong) 、默基恩 (Michael McKeon) 和最近的杭特 (J. Paul Hunter) ❷，分別代表了小說文類研究的不同階段。艾倫和范耿由於受到當年新批評流風的影響，偏重句讀十八和十九世紀經典小說的藝術成就。瓦特在當時則獨樹一格，意圖整合討論啓蒙時期的哲學思潮與十八世紀初期經濟因素與階級意識的互動。瓦氏認爲，英國小說的起源和中產階級的興起及女性讀者的增加息息相關。另一方面，卡爾則自階級意識相互對立的角度，將小說視爲「顛覆性的文類」。阿姆斯壯以「欲求」的心理因素解釋閱讀過程。此外，默基恩解構瓦特的階級決定論，認爲中產階級根本是個不符史實的建構。杭特則著墨於十八世紀文化外緣的議題——讀者、出版機制和意識型態等——將小說視爲據有明確歷史座標及文類屬性的文化產物。總之，瓦特開啓了小說文化論述的先河，而經過後人的修正、引申，甚至挑戰，於是使得此一文類史的研究匯集爲一股強勁的趨勢，亦即杭特所稱的文化歷史論 (cultural historicism) ，博採心理學、社會學、性別研究的方法，強調文學的歷史因素，認爲創作與閱讀的主觀意識和時空條件有著不可分割的關係；認爲，文學並非是新批評論者所認定獨立自足的有機

---

❷ Walter Allen, *The English Novel* (New York, 1955); Dorothy Van Ghent, *The English Novel: Form and Function* (New York, 1953); Ian Watt, *The Rise of the Novel* (1957); Frederick R. Karl, *The Adversary Literature: The English Novel in the Eighteenth Century* (New York, 1974); Nancy Armstrong, *Desire and Domestic Fiction* (New York & Oxford: Oxford University Press, 1987); Michael McKeon, *The Origins of the English Novel 1600-1740* (Baltimore and London: The Johns Hopkins University Press, 1987); J. Paul Hunter, *Before Novels* (New York and London: W. W. Norton & Company, 1990). 本章引述上列諸書時將僅注明頁碼。

體，它是文化的一個現象，與其他文化因素構成環節互動的網絡。瓦特至杭特諸學者所發揚的理論，文化歷史論的重要議題，及其衍生的省思，對英國小説發展的研究關係重大。

瓦特於一九五七年出版了《小説的興起》。近四十年以來，曾有多位學者褒貶此書的功過❸，其論點及方法至今依然廣被討論、引用或駁斥，學院的學者和研究生人手一書，可見其影響之大。學者視此書爲針對當時如日中天的新批評理論的修正，因爲在獨尊作品的信條之下，歷史、社會制度和意識型態的外緣考量全部受到壓抑。瓦特倡舉許多不符當時潮流的論點，諸如：文學和社會的關係；狄福、理查遜和菲爾定的出現，乃是讀者群的改變、經濟個人主義和清教徒意識興起的綜合產物。瓦特反覆以小説實例闡釋：閱讀小説若要掌握其精義，必須由傳記、社會和歷史的多重角度來解釋作品的形式。非如此，不足以瞭解文學史的遞嬗模式。文學的重要性在於，它不僅表現時代的特質，它也參與塑造文化和思想史。

除了這個逆勢抗俗的論點之外，瓦特的論證方法也獨排眾議。他沒有一套玄奧的理論術語，只強調小説爲三合一的產物：它是作者、文化和文學史的綜合性表意工具。每一部小説作品都應該放在文類發展的大格局中檢視評斷。換句話說，作品、作者、讀者、既有的語言和文學成規，以及世界（社會），共同構成小説的內涵和外緣意義，

---

❸　Daniel R. Schwarz, "The Importance of Ian Watt's *The Rise of the Novel*," *The Journal of Narrative Technique* 13 (1983): 59-73; John Richetti, "The Legacy of Ian Watt's *The Rise of the Novel*," in Leo Damrosch, ed., *The Profession of Eighteenth Century Literature* (Madison: The University of Wisconsin Press, 1992), pp. 95-112. 其餘散見 McKeon 及 Hunter 等人，下文將有討論。

比諸偏執作品文字肌理或是讀者反應的兩個極端，更能中肯。在文化和思想史的層面上，小説的興起可以視為一場革命；它舉著中產階級個人主義的旗幟，顛覆傳統社會的階級位階，挑戰貴族階級的主權，質疑非清教（包括國教與天主教）的教條，並且破壞傳統文類劃分的規矩 (decorum)。狄福、理查遜和菲爾定皆捨詩韻寫散文，寫社會中下階級邊緣人的奮鬥和成功，筆下的道德主題時有啟人疑竇處❹，不免使衛道者惶惶不安。瓦特一再強調文化和社會兩者，他不只在新批評的封閉體系中鑿了一個通氣口，也為禁不起新批評解剖刀挖掘其微言大義的二、三流作品，在文學史的座標上找到了一個立足點。另一方面，瓦特也細讀作品並論斷優劣，基本立場和李維斯 (F. R. Leavis) 相去不遠。瓦特的《小説的興起》一書肯定了狄福等人的經典地位，並且特別為理查遜辯護，書中也將奧斯婷舉為承先啟後的樞紐人物。情節、人物塑造和道德主題是他評斷價值的三個標準。好的小説可以讓讀者的「心理期待」得到替代性的滿足，而小説的文體形式在經過狄福等人的創始試驗，到了奧斯婷終於得以燦然大備。在她的小説裡，前人所提出的問題──諸如經濟個人主義和中產階級的成就欲，對婚姻和女性性別角色的探討，以及理想的社會體制──奧斯婷無一遺漏，處理周全。有奧斯婷，才有十九世紀以降小説的長足發展。瓦特重覆李維斯的評價觀點，是個十足的人文主義信徒。瓦特雖然反對新批評的獨尊文字，但是他和新批評學者卻有一個共同點，都

---

❹ 例如，狄福筆下的 Moll Flanders 生於監獄，母為慣竊，父不詳，長大後曾至富家為婢，後混跡倫敦詐騙偷盜，五度嫁人，最後因罪流放美洲，經營莊園致富。小説 *Moll Flanders* 中由摩兒以第一人稱自傳體敍述，基本情節為犯罪──懺悔──救贖。衛道之士認為摩兒的「成功」顯示罪有福報，有負面的教育作用；而理查遜的 Pamela 功利色彩太濃，她的「成功」傳播貞潔可得現世報的觀念。

認爲作品是一個有機的形式，能夠成長茁壯。

　　瓦特最有名的標籤詞，自然便是「形式的寫實主義」（"formal realism"），指的是小說呈現人與事的特殊相貌的技巧。他說：

> 小說用以具體地呈現生活面面觀的方法，我稱爲形式的寫實主
> 義；我稱它爲形式的，因爲寫實主義一詞在此處並未意謂著特
> 殊的文學教條或目的，它指的是，在小說中常見而在其他文類
> 中少見的敘事程序，因此，可以視爲小說所特有。形式的寫實
> 主義被狄福和理查遜奉爲敘事手法的大前題，也是一般小說隱
> 而不宣但謹守不渝的成規，亦即小說全面且眞實地報導人的經
> 驗，因此有義務享讀者以故事的細節、人物的個性，以及情節
> 發生的時間和地點，〔小說的〕語言比其他的文類更具有指涉
> 性，用以呈現上述的細節（32）。

瓦特毫無疑問是個實證主義者，相信語言和世界之間的對應關係。對他而言，寫實主義不僅僅是一種形式（或稱爲敘事技巧），也意謂小說反映外在世界。

　　形式的寫實主義一詞標明了瓦特的文學信念，但同時也留下甚多曖昧未解的爭論點。《小說的興起》出書之後，反對的意見不少。提利爾德（E. M. W. Tillyard）即表示，瓦特只知有「現代人」（指十七世紀以降的 Moderns），但卻不知古人先賢（Ancients）早已有此概念；寫實主義並非是小說的「新有」（novelty）（Appendix）。杭特同樣也指責此書了無新意❺。瓦特保持十年的沈默之後，提出答

---

❺　杭特說，「瓦特教授鮮少挑戰旣有的意見，令人詫異。」見 J. Paul Hunter, *The Reluctant Pilgrim* (Baltimore, 1966), p. viii.

辯，以雲淡風輕的口吻略述了自己寫作與出版此書的艱苦困頓和數度刪節。他表示，此書專論十八世紀小說發展初期幾位大家的文化和文學意義，並未企圖裨闔古今，如果以此要求來衡量並指責其不足，未免有失偏差。至於他開宗明義便以一個條件句限定全書的起跑點——「假設我們接受一般的說法，認定小說基本上發源於狄福、理查遜和菲爾定，那麼，小說和傳統的散文虛構體究竟有何不同？」——批評者若非無暇注意，便是有意忽略（Watt, 1968: 207）。瓦特答辯的另一個重點在於《小說的興起》刻意凸顯小說的叛道。他使用「興起」一詞意涵「分水嶺」的觀念，而「中產階級」一詞則用以頡頏新古典主義文學中的貴族族譜以及意識型態。一七四〇年代，小說佳作迭出，對比於諷刺詩的式微，印證了兩個對峙文類的勢力消長。此外，新古典主義在在強調陽剛父權和倫理綱紀，而小說則多寫市井男女的歡喜憂愁，其所訴求的是個人的與家庭的，甚至可以說是青春期的與陰性的。

瓦特的答辯並未能盡釋眾疑。他溫馨謙抑有餘，但對《小說的興起》一書中的關鍵詞「形式的寫實主義」所未釐清的疑點，卻絲毫未曾著墨。他所採用的方法基本上是演繹的而非歸納的。其中，「寫實」的敘事屬性顯然未曾嚴格界定，以致於有如下文的循環推論：「一部近似其他寫實小說的作品就可能是一部寫實小說」（1）。瓦特並未建立一套寫實主義的符號系統，他所討論的寫實小說僅是不連貫的個例。持九〇年代昌盛理論的後見之明觀之，瓦特之功乃屬筆路藍縷的拓荒性質。此外，寫實主義對於瓦特而言，除了是形式與技巧的之外，也是指涉的：寫實小說可以反映人生、抒發欲求、評騭人性。簡而言之，寫實主義既是手段也是目的。理查遜的《克拉麗莎》他評為「堪稱是小說史上的第一部傑作，……因為理查遜回應了他的時代

和他的階級的欲求」 (219)。狄福的《魯賓遜漂流記》 (*Robinson Crusoe*) 一書在文學史上的意義, 在於它的敍事結構體現了清教的救贖思想和時人追求俗世價值之間的衝突。在瓦特的筆下,「寫實主義」一詞不僅代表作品的美學成就, 也代表作品所承載的「微言大義」 (high seriousness)。瓦特系出人文主義傳統的批評陣營, 可謂阿諾德 (Matthew Arnold) 的傳人。

《小説的興起》修訂了典律, 在揄揚狄福和理查遜之餘, 稍貶菲爾定, 不但使得狄福、理查遜和菲爾定鼎足三立, 並且也促使此三位小說家成爲英國小說的三聖, 而不再由菲爾定一人獨大。在論述前二位小說家時, 瓦特特別稱頌狄福, 認爲他的小說的成功, 與他的清教思想大有關係。狄福一生總共撰寫了《魯賓遜漂流記》(1719)、《辛格頓上校》(*Captain Singleton*) (1720)、《摩兒福蘭德絲》(*Moll Flanders*) (1722)、《瘟疫年紀事錄》 (*A Journal of the Plague Year*) (1722)、《傑克上校》 (*Colonel Jack*) (1722)、和《羅珊娜》 (*Roxana*) (1724) 等小說, 其中《魯賓遜漂流記》被瓦特讚揚爲「英國小說的先聲」。瓦特認爲《魯賓遜》一書是狄福的經典作品, 因爲此書描繪人的孤獨, 狄福對這個主題的處理兼具廣度與深度, 使得魯賓遜成爲一則神話, 其經典地位不下於伊底帕斯、浮士德或唐吉訶德, 已經穩爲一個意識型態的標竿, 橫跨虛實二個領域, 牽動無數讀者的欲求, 擺盪於道德／宗教／社會戒律與個人主義的兩極之間。不同的是, 狄福創造了一個喜劇結局, 魯賓遜成就了個人的事業, 他的神話建立在「回歸自然」、「勞動神聖」和「經濟人」等「新」的文化價值上。此三種價值觀之間明顯地有扞格不和之處。一則神話之中主觀的建構意圖必然存在❻。《魯賓遜》一書意在鼓吹清教

❻ 亦請參見瓦特專文 "Robinson Crusoe as a Myth," *Essays in Criticism*, April (1951): 95-119.

思想中個人主義甚或資本主義的意識型態，殆無疑問。《克拉麗莎》所以能夠成爲佳構，其理由亦同：它整合了攸關當代的主題，透過女主角表達「新個人主義的自由與正面的特質」(238)。此書中，克拉麗莎搏擊「所有壓迫這個新思想的反對勢力——貴族、父系文化下的家庭制度，甚至於與清教息息相關的經濟型態的個人主義」(222)。狄福和理查遜從不同的角度處理了當代的新興思潮。

　　《小說的興起》全書的重點在於討論狄福、理查遜和菲爾定三位大家，尤以前二人爲主。瓦特的方法兼論歷史、美學和意識型態。對於這種著重菁英作家的策略，後繼的學者時而有所批評。他們認爲，瓦特忽略了十八世紀前四十年中爲數頗多的非典律作品：曼理(Mary Manley)、海吾德 (Eliza Haywood)、奧賓 (Penelope Aubin)、巴爾刻 (Jane Barker) 和其他女性作家所寫形形色色的中篇小說，其他遺漏的尚有許多宗教性自傳和旅遊札記等等。針對此點，賴克提 (John Richetti) 以他的閱讀經驗爲瓦特辯護。他敍述自己曾經在大英博物館裡日日捧讀這些「流行」作家，無奈味如嚼蠟，幾乎難以爲繼；這些作品甚少兼具美學與思想二者的。職是，賴克提認爲瓦特的菁英主義有功無過；瓦特再度證明文學大家絕非浪得虛名；雜林之於巨木僅有烘襯之用 (103)❼。

　　瓦特的基本立場是：小說中的寫實主義並非是異軍突起；它和當時哲學中的實證主義的風潮乃是平行的現象；兩者皆重殊相，輕玄想。瓦特說：「哲學的實在主義 ( philosophical realism) 是批判的、反傳統的和創新的；它的方法是經由個人來研究經驗上的殊相；最理想的研究者要能夠擺脫過去的假設以及傳統的信仰；這個方法特別注重語言的表意形式，探討文字與現實之間如何對應。哲學的實在

---

❼　見注❽。

主義與自狄福和理查遜以降小說形式的特色有類似之處，後者同時也注意到人生和文學之間的對應關係」（12）。

卡爾在一九七四年出版的《反調文學：論十八世紀英國小說》仿襲瓦特：瓦特引論洛克等人，卡爾則援用里德對於「常理」的看法，認為小說的創作及閱讀心態與休姆（David Hume）對觀察和歸納法的鄙視正好相反，小說作者和讀者也排斥柏克利（George Berkeley）的抽象唯心論。卡爾的論點正如其書名所顯示，在指出小說的反調修辭：就其定義、形式、與哲學和宗教思潮的同步發展、文類的形式與讀者群而言，小說皆企圖提出一個修正論。小說顛覆傳統價值（英國國教、地主貴族和新古典主義所代表的道統），訴諸中產階級的認同，但同時卻又否定中產階級的實用觀與安定論。這個文類其實是一個複雜的辯證體系。卡爾的論證雖然大抵承襲了瓦特的歷史和文化論述，但是他同時卻能夠觸及新的層面，相對地強化了瓦特較弱的部分論點（以小說呈現一個穩定普遍的中產階級意識型態），著眼小說文類內在的矛盾辯證，同時更將小說的源頭上溯至西班牙的「惡漢小說體」（the picaresque）。

卡爾所討論的小說的外緣平行思潮中，除了里德的哲學觀以外，尚有衛斯理（John Wesley）所創的美以美教派（Methodism）的教義。這支教派以個人信仰作為救贖的基石，在傳統的教條之外，特別強調《聖經》的權威。於是，教會繁褥的儀式被視為次要，而個人堅定的信仰和服膺《聖經》的教誨才是基本。衛斯理接受了原罪的觀念，但是祛除了喀爾文的絕對觀與宿命論，認為個人可以藉由修行而最終得以親炙上帝的恩典。美以美教派鼓勵個人修行，包括婦女。任何沒有受過正規神學訓練的個人都可以傳播福音。對於當時正在發展中的小說文類而言，這樣的寬容態度無疑是個助力，以由下而上的方

式，讚許弱勢的個人追求自我實現。美以美教派的價值觀和當時小說創作的主題有著許多不謀而合之處：講日常生活的道德而不談玄理，認定上帝的恩典及於貴賤賢愚，世人的救贖端賴其信仰之堅與行善之勤。如此，希望或絕望，救贖或失落，全由個人一肩單挑。類此，小說以個人主義的自信與迷惘為主題，開啓了一個新的文類，於是使得後繼的作者能享有無盡的書寫矛盾人性的揮灑空間。

在文學的修辭層面上，小說抗拒新古典主義的超越論：三一律 (The Three Unities)、宇宙生物鍊 (the Chain of Being)、規矩等概念。小說世界中的個人切斷了自身與古典文類、天使、禽獸，以及天外宇宙的關聯，僅只關切周遭日常的人和物，一意追尋一己生存的意義與目的，魯賓遜、湯姆瓊斯、克拉麗莎、潘蜜拉等人物，無一例外。瓦特在《小說的興起》中稱此一新趨勢為時間、地點、人物與情節的殊化 (particularization)。卡爾將此觀念引申擴大為幾近十九與二十世紀存在主義式的疏離。

卡爾豐富了小說寫實主義的內涵。他列舉了小說的重要特色：個體與宇宙或普遍的經驗不復產生關聯；語言乃用以表達感官經驗；個體為宗教經驗的中心；追求個體與階級地位的提高；婦女角色與作家的地位攀升；中產「士紳」階級的出現；金錢貨殖成為地位的象徵；絕對的善惡分際逐漸變得模糊。這些新思想往往化身為小說的情節，出現於「惡漢小說體」中。狄福、菲爾定、史模立特和史登恩筆下故事皆不脫這個類型。卡爾認為，西班牙小說《拉渣瑞歐傳》 (*Life of Lazarillo de Tormes*) (1545) 顯然就是這類小說的鼻祖，其構成要素為：機靈狡詐的流浪漢角色、荒郊僻野的旅途、弱肉強食的生存鬥爭和成功的結局。拉渣瑞歐出身低賤，浪跡在一個殘酷現實的社會裡，利用偷搶詐騙等各種手段以求溫飽，繼則企圖追求尊貴，於是

默許妻子與教區的大主教私通，終於得以攀裙晉身上流社會。拉渣瑞歐基本上可以說是一個未經中產階級禮教包裝的湯姆瓊斯。

　　對於當時尋求常理和實際的讀者而言，惡漢小說具體地勾勒了人生的難題和無奈的妥協，書中的「反英雄」鄙瑣狡詐，但在困頓之中掙扎求生，卻也透露出堅毅不屈、扭轉乾坤的英雄況味。「惡漢」的手段頗多可疵議之處，但他的成功卻是中產階級以下的社會成員所心懷想望的。胼手胝足，白手起家，這樣的情節主線在《摩兒福蘭德絲》和《潘蜜拉》兩書中經過了一番巧妙的轉化。「自助天助」的清教徒誡諭，不但是《魯賓遜》一書的主題，同時也是上述這二本女性版「成功故事」的主題，不同的只是故事的背景由荒島上的人與天爭，轉換為都市中人與社會階級制度的相爭。

　　惡漢挑戰階級制度，搖身一變而為受到社會接納的士紳，反映小說的反調意識型態。但是，惡漢被教化為士紳，卻也說明了小說無法袪除向社會制度妥協的保守心態。卡爾特別指出這個辯證的曖昧：小說所鼓吹的並不是無政府論，它最終所要擁抱的仍是既定的體制。換句話說，小說的反調目的正如同其文類的對手諷刺詩，旨在揶揄偽善，進而肯定常理。雖然魯賓遜忤逆父意而招致船難流放化外，終究還是得以回到社會；摩兒雖然行竊犯法，濫情亂倫，最後卻能躊躇志滿成為貴婦；湯姆瓊斯年少輕狂，但因本性善良而有福報，蒙受上帝奇恩而得以認祖歸宗。是故，叛逆的惡漢／惡婦皆有其值得救贖的美德：狄福肯定庶民的生存韌性，菲爾定稱許個人在暴烈脾性中仍然保有的善良，而理查遜則獎賞守貞的概念（潘蜜拉及克拉麗莎殊途同歸）。

　　瓦特成書比卡爾早了將近二十年。卡爾得時間之利，能夠補瓦特之不足。《小說的興起》以形式的寫實主義作為小說文類的胎型，而

以個人主義的意識型態作為小說的主題靈魂，在時間縱軸上則只論狄福以降，不論以前。在「起源」的認定上，卡爾比瓦特更具辯證深度。卡爾以寫實技巧和個人主義的主題作為衡量的標準，承認喬曳的《錯埃勒斯與克莉西達》(*Troylus and Cryseyde*)、文藝復興時期的文類「新體」(novelle)，如薄伽丘的《十日談》(*Decameron*)、歐陸文類如 fabliau (短篇寫實故事) 和 exampla (說教) 等皆具小說的因子，但卻認為其中傳奇的況味太濃，與二個世紀之後的小說大相逕庭。十六世紀以來稱得上是「前小說體」(the pre-novel) 的有狄隆尼 (Thomas Deloney)、格陵 (Robert Greene) 和納希 (Thomas Nashe) 的散文虛構作品。其中，狄隆尼《紐伯瑞的傑克》(*Jacke of Newberic*) 中的主角出身寒微，但對於君主侯爵的恩賜卻能毅然拒絕，堅持以自己商賈的身分為榮。格陵的「說教」故事則揉合惡漢體、傳奇和監牢記聞 (Newgate tales) 的情節，背景取自都市，文體為時人口語，人物塑造極有個性，這種種特色皆可在狄福的作品中找到。然而，這些寫實主義的蛛絲馬跡卻遽然中斷，一直要到十七世紀末才得以重新在班恩 (Aphra Behn) 的《奧潤諾宼》(*Oroonoko*) (1688) 一書中出現。此書描寫一位異教貴族，不幸因戰敗而淪為奴隸。班恩以這個角色作為主角，極不隨俗地將他塑造成一位浪漫的英雄，藉以對抗歐洲人引以為尊的基督教思想。卡爾將此書視為狄福小說的先驅，著眼於它的反調主題。

英國小說的另一個源頭是歐陸的散文體。瓦特堅持小說文類的純種英國族譜，而卡爾則認為，多源異種的匯萃才更符合歷史眞象。在卡爾之前，有關英國小說和歐陸小說體的關聯，曾有施勞 (Margaret Schlaud) 和休吾德 (English Showalter) 的研究。施勞並不以為小說自成一個文類，別具特質；事實上，小說的源頭潛藏在自中古以

來無數的成篇或片段的作品中，有散文體亦有韻文體，有寫實的也有
傳奇體的。小說看似「新奇」的題材——例如，以強勢女性為中心人
物——其實反映了西方文化演進的過程，並非十八世紀英國小說所特
有。如果僅以十八世紀女性讀者增加的事實，來推斷小說作者因此而
多寫強勢的女性角色，未免失之過於簡約。休吾德從另一個角度論
證，建構十八世紀以前法國散文敍事體對英國小說的影響：史模立特
曾經翻譯雷薩吉(Lesage)的作品；菲爾定尤其偏好法國作品，他的小
說在法國也甚為風行；蒲列福（Prevost）的《瑪儂蕾斯葛》(*Menon
Lescault*) 和《摩兒福蘭德絲》極為近似，以致兩部作品誰為正品
誰為仿作尚無定論；理查遜和馬希馮（Marivaux）亦有類似的爭疑
處。其他類似的例子亦有不少❽。

　　卡爾引用施勞和休吾德二人的論據，補充了瓦特國家主義論的缺
憾，開啟了小說史研究的一個重要階段：意涵本質論或進化論的用語
（例如「興起」）遭擯棄不用，此後，學者討論切蹉的重心轉而為其
「多源」（origins）和先例（the pre-novel）。這個新的認知到了
九〇年代由杭特另為發揚，留待下文討論。卡爾的貢獻在於延續瓦特
寫實主義論述的大方向，同時增補了小說描寫人物心理的複雜層面。
藉由「反調」修辭，小說家得以探索挖掘人心的幽邃處——性愛、本
我（id）、自我、個人和社會的關係。

　　一九八七年學界同時有兩部重量級的小說史研究出版：默基恩的
《英國小說的多重源頭》和阿姆斯壯的《欲求與家內小說》，風雲際
會，引發熱烈討論。職是，自瓦特首倡以來，小說文類研究的歷史

❽　Margaret Schlaud, *Antecedents of the English Novel 1400-
1600.* Warszawa, 1963. English Showalter, *The Evolution of
the French Novel 1641-1782.* Princeton: Princeton University
Press, 1972.

文化論一時匯聚了許多學者的注意。默基恩在一九八五年出版的一篇短文〈文類的轉化與社會的變遷〉❾中即預示了《英國小說的多重源頭》一書的重要論點，其中最關鍵的是：十七世紀中葉至一七四〇年代之間的小說發展仍屬於觀念的衝撞孕育期，對文學中的「真實」和社會階級的「歸類」觀念，尚未成形。默基恩認為，瓦特的核心論點——小說的興起即是寫實主義的興起，和中產階級的興起伴隨而來——乃是一廂情願且不符史實的偏執，企圖在紛雜異質的歷史資料上強加一個二分的框架。瓦特的二分法——無／有、傳奇／寫實、傳統／個人主義、貴族／中產階級——是實驗室中的理論，並非史實。

那麼，學者究竟要如何重建已經杳然遠逝的歷史「真相」呢？默基恩認為，歷史的真相只能利用辯證法加以詮釋推測，而其中常是異質共存相倚，無法分水成嶺。在一七四〇年代以前，小說文類自許為特色的寫實策略是曖昧矛盾的，它其實同時兼有傳奇的舊貌和寫實的新手法，而其作者和作品也無法清一色地冠以「現代派」的封號。同為小說作家，菲爾定出身貴族菁英，和狄福被目為重商派的「新人類」差異甚大。總之，不論是就文類認知而言，或是就階級意識而言，小說在孕育期所呈現的意識型態是複雜互動的，而不是截然二分的。這二個不同層次的糾葛，默基恩分別稱之為「真實之辨」（questions of truth）和「品德之辨」（questions of virtue），二者統攝了有關小說文類的特質和階級意識的種種相關問題。

默基恩這篇短文簡潔有力地舖陳他的辯證觀，明暢易讀，較諸其二年後玄奧難懂的皇皇鉅著《英國小說的多重源頭》，更能令人信服。雖然他並未超越由瓦特所界定的範疇，仍然環繞著文類本質和讀

---

❾ "Generic Transformation and Social Change: Rethinking *The Rise of the Novel*," *Cultural Critique* (1985): 159-181.

者欲求二個主題，但是他的辯證互動的方法比起瓦特的人文主義目的論，的確更能激發讀者的思考，也更能解說一些瓦特一筆帶過的難題，諸如：菲爾定的小說中既有傳奇的成規，如《湯姆瓊斯》，又有反傳奇式的諧擬諷刺，如《羞蜜拉》(*Shamela*) 和《竊賊歪爾得》(*Jonathan Wild*)；而狄福既寫魯賓遜的唯物個人主義，也寫了傳奇式的靈異故事❿。默基恩認爲，這些表面上的矛盾所顯露的辯證架構其實建立在二個因素的互動之上：天眞的實證主義（寫實模仿論）和極端的懷疑論（諧擬諷刺）。二者的傾軋產生了《潘蜜拉》和《羞蜜拉》，以及《魯賓遜漂流記》和《格列佛遊記》(*Gulliver's Travels*) 等兩極化的小說。默基恩的結論是：小說的興起是一則認識論的例證；以敍事體來「說實話」(tell the truth) 或捕捉眞實，恆有二種認知以及二種方法：前進的與保守的，或謂信徒的與非信徒的 (the believer and the non-believer)。

在階級歸類方面，十七世紀的英國經歷了二場大震撼：一夕之間，神授的君權被剝奪，前有查理一世，後有詹姆士二世之例；世襲的貴族頭銜突然有了價碼標簽，可以買賣；以家世所劃分的階級在驟然之間變成了以經濟力爲劃分的基準。「品德」這個觀念也同時被推入一個辯證的過程。就狄福與理查遜所代表的「新人類」以及菲爾定與史威夫特所代表的舊貴族而言，前者擁抱寫實進步論，而後者則撻伐寫實進步論，甚至陷於極端的懷疑論中，其策略與目的於是難以區分，因而使得在反對新貴的進步論的同時，舊貴族自身沾染了反動的色彩，自己也很反諷地淪爲另一則不可信的故事。潘蜜拉與羞蜜拉兩個角色之間，何者較爲「眞實」？魯賓遜與格列佛，何者較近人情？

---

❿ 例如，"A True Relation of the Apparition of one Mrs. Veal" (1706).

守貞而得善報（嫁入士紳家庭），自助而有天助（化荒島爲家園）是新人類可以實現的理想，還是如舊貴族所嗤之以鼻的，僅爲無稽之談？十八世紀初期的小說創作觀便在這兩個極端之間擺盪。

　　默基恩以這篇短文的辯證架構爲基礎，添加許多材料，擴大爲《英國小說的多重源頭》一書，深入討論自一六〇〇至一七四〇年之間的英國小說。他說：研究文類理論不能脫離文類的歷史，要從歷史中去瞭解文類；文類理論必然是個文類的辯證理論。在他看來，瓦特的外緣研究雖然觸及了重要的幾個議題，但是由於瓦氏偏執於「形式的寫實主義」，以此敍事技巧爲衡量小說之爲小說的絕對標準，使得菲爾定受到冷落。由於瓦特一味地認定中產階級也在此時勢力鵲起，屬位確定，因而忽略了許多新舊階級傾軋衝突於灰色地帶之際所可能產生的兩棲意識；換言之，在瓦特所稱的形式寫實主義中，其實存在了許多觸目可及的傳奇和貴族的餘緒。

　　顧名思義，在有此文類名稱之時，小說顯然被視爲未能登堂入室的稗野之作，其英文名 novel，指新奇的事物，亦即傳統高蹈文類棄置不顧的題材。默基恩依循慣例，從歷史的角度爲小說抬升分量。他說，小說遭人詬病之處，例如缺乏文類的成規、反抗傳統的威權，以及其負面的出身（以否定其他文類來獲取自身的身分印記），都使得小說無法洗刷「鬆散」、「雜遝」等批評。默基恩辯解道：小說的缺乏架構正是一個絕佳的歷史見證，這個特色反映的正是現代歐洲自十七世紀中葉所經歷的政治、經濟與思想上的解體重建。由君權到國會，由貴族到中產階級，此一過渡時期所顯現的歷史不穩定性，同時出現在此時所孕育的小說文類上。此說近似巴赫汀（Mikhail M. Bakhtin）小說理論中「多音共存」（heteroglossia）的概念。默基恩認爲，巴赫汀肯定了俄國小說在另一歷史定點上也反映了政治文化的

大環境，反中心，也反威權，同樣也採用了辯證的敘事策略，呈現了一個雜合體。換句話說，小說的語言統攝了新舊貴賤，扞格爭鬥，其中對立的意識型態各擅勝壇，角力逐鹿語言的至尊王座。默基恩進一步說：「建構外緣便是建構歷史」（to contextualize is necessarily to historicize）（12）。文類的基因使得一部作品和某些作品若即而與其他作品若離；在這個家族中有結盟也有叛離，有仿肖也有幻滅。一直要到十八世紀中期，這個擺盪曖昧的文類現象才逐漸趨於穩定，時人在提到「小說」一詞時方才有一個較為穩定的文類概念。

　　默基恩的討論範圍，限於小說文類的表意系統趨於穩定之前的不穩定的數十年期間。小說之為文化的一個產品，它的不穩定性一方面反映了它外緣架構的不穩定，同時它也積極參與其外緣架構的變動過程，因此，這個時期的小說作品乃有如許歧異多樣的意識型態同時並存。可以說，小說文類和中產階級踏勘了同樣的一段旅程，在歷經了對抗與吸納的辯證階段之後，兩者皆成為切割與形塑文化的工具。《英國小說的多重源頭》一書厚逾五百頁，而默基恩在〈文類的轉化與社會的變遷〉一文的骨幹上添加了許多例證，使得他所擅長的辯證法極其宏偉可觀。他援用一手及二手資料，將英國小說的實／虛、寫實／傳奇等二元對立的抽象架構向前推至西元前五世紀的希臘啟蒙運動與十四世紀歐陸的文藝復興時期。而自蘇格拉底至柏拉圖的哲學典範的替換以及十二世紀初萌的實證及歷史意識，皆源自識字率的普及。由蘇格拉底的口述辯證到柏拉圖的書寫記錄，由傳奇野史到歷史撰述，這些轉變都預示了近二千年後英國小說形式的演進過程。再者，默基恩也觸及到十七世紀至十八世紀的邊緣作家：狄隆尼、曼理、戴孚能（Charles Davenant）、奚適（James Heath）和班恩等作家。這些作家代表了一股新潮流，藉著筆下的人物質疑「地位即品

德」的傳統觀念。

默基恩的書甫才問世便吸引了許多注意力。有人攝於它的橫亙古今的氣勢， 也有人譏其爲玄而不實、大而無當⓫。此外， 默基恩的「反偶像情結」， 也使得他在下筆之時不免流露出對瓦特的過度貶損。默基恩的核心論題實則未曾超越瓦特，但是，爲了炫耀後學的優越，默氏在文內添枝加葉，未料主題反而受到遮掩。默基恩書中援引希臘哲學爲先例，便是一個旁生的枝節。此外，其中討論史詩的口述與書寫兩個傳統的對峙互補，與十八世紀的現實也相去甚遠，而有關諸如狄隆尼等與十八世紀較爲接近的先例，卻多是寥寥數筆帶過。因此，他所主張的，例如理查遜等大家是以這些本國先例作爲學習、參考和超越的對象， 便顯得證據薄弱。 他對這些先例著墨不多；相反的，全書有六章分別討論非爾定、史威夫特等典律作家，因而削弱了其辯證法中非典律的反向張力。

此外，全書脈絡蕪雜，縱橫西方兩千多年的思想與文學史，上達西元前五世紀，下及西元十七世紀。默氏如此的費心盡力，倡議十七世紀顯現出的認識論危機，以及小說如何充當這場危機的喉舌，所達成的效果卻並未超越瓦特精簡有力的貢獻。默基恩對於小說的文化功能具有強烈的信心，他說：

> 小說在現代時期達到穩定的階段，成為一個有系統的制度，要歸功於它無可比坪的力量，能夠提出並且釐清現代經驗的核心問題，也就是「不穩定的歸類區分」此一問題。小說的產生本

⓫ John Richetti, *"The Legacy of Ian Watt's The Rise of the Novel,"* in *The Profession of Eighteenth Century Literature,* ed. Leo Damrosch (Madison: The University of Wisconsin Press, 1992), pp. 104-107.

為解答這些問題，同時也無可避免地反映了這些問題。小說遭
逢的第一個這類問題即是文類的歸類區分，第二個問題則是社
會階級的歸類區分。文類屬性的不穩定驗證了當時認識論的危
機；對於如何以敍事體敍述眞實，產生各種不同的看法，這是
一個主要的文化轉變（20）。

小說是否具備「無可比埒」的力量，足以「解答」文化的難題或改變
文化演進的方向？此地，默基恩雖有福音佈道的熱忱，卻未能提供具
體的歷史論據。歷史學者修姆（Robert D. Hume）評道：「讀罷
此書，我感覺猶如十九世紀一介無神論者讀罷一篇重要的神學論述一
樣，敬畏之餘，也有些許莞爾」**⑫**。默基恩的爭議性在於他的企圖過
於龐大，觀點過多，因而分散了論證的力量。
　　上文曾經述及，瓦特在新批評獨領風騷的學術氣氛之下，能夠跨
出作品的文字肌理，環顧其外緣的經濟與性別議題，殊屬不易。瓦特
抬舉理查遜而貶抑菲爾定，著眼點乃是前者的「女性特質」。理查遜
家中長年有女性朋友寄居做客。這些女性才情高雅，常能向他建言，
如何增修刪飾。而批評家一向也以理查遜和菲爾定爲一時瑜亮，謂前
者文體陰柔婉約，後者敍事陽剛果決。瓦特在女性主義批評尙未圓融
成形之五〇年代，即已關注到女性讀者對小說出現的推助之力。
　　但是小說史研究者中從性別歷史的角度，綜覽十八世紀和十九世
紀「女權」意識型態建構過程，而能具有說服力，則屬阿姆斯壯。其
《欲求與家內小說》一書副標題爲「小說的政治史」，開章明義便質
疑瓦特的理論：瓦特的歷史論述雖然解釋了現代文化和小說起源的同

---

**⑫** "Recent Studies in the Restoration and Eighteenth Century," *SEL*,
28（1988）: 529.

時發展，也解釋了幾位男性經典作家的成就，但唯獨遺漏一個關鍵問題：十八世紀的許多小說出於女性作家之手，理由何在？瓦特將奧斯婷的過人之處評斷為：「（她的）女人的感性特別適合用來刻劃人際關係的糾葛，因而能在小說的領域裡占據特殊的優勢」❸。阿姆斯壯並不滿意諸如「女人的感性」、「特別適合」和「小說領域⋯⋯特殊優勢」等泛泛之辭，指其完全與歷史方法脫節。

　　阿姆斯壯直截了當切入小說歷史與性別歷史的交匯點，指出小說的興起即中產階級的興起，即女性的興起，三者合一。她認為，早期由理查遜所發揚的「家內小說」塑造女性為成功地扮演主內角色的有德女性。這個角色典範持續到奧斯婷、博朗蒂（Emily Brontë）和艾略特（George Eliot），不但啟發了女性意識，同時也創造了女性的書寫空間，在現代性愛史（history of sexuality）上，向前邁進了一大步。對於一九九〇年代的女性主義者而言，這一步自然還是不夠的，其中仍然充滿著奴役意識，然而，阿姆斯壯認為，這是當年一則成功的神話建構，它區隔了外在的政治世界，在小說的虛構世界中創造女性主權，逐漸而不帶革命激情地轉變了現實生活中的女性角色。阿姆斯壯自承受到巴赫汀的啟迪。她說：「首先，性別意識是文化的建構，有其歷史；其次，個體在文學中的呈現促使現代的個人變成經濟和心理的實體；第三，現代的個體最初且最重要的，是個女人」（57）。阿姆斯壯並不同意馬克斯學派同儕的看法，認為資本主義的興起是影響內外性別角色分工的最先因素；她認為，在工人階級文化（男做工女持家）產生之前，小說中「家內主」的理想女性已經開始參與性別分工的規劃了。

　　十八世紀女性在意識型態的競爭中向前跨了一步，由全面性的弱

---

❸ *The Rise of the Novel,* p. 57.

者轉而爭取到家內的主權；由寓言體中的抽象德性表徵轉化成小說中
主宰家務的主體與實體，這個過程呈現出歷史的吊詭：由於不涉足外
在的政治領域，在劃定了一個次要的地盤後，女性因而爭取到了家內
的主權。這樣的非政治性（實則暗含政治性）的跨步得到了父權社會
的認可，當時清教徒文化所制定的「行為守則」（conduct book），
其中所條列的性別分工的規則，可為佐證：

| 夫 | 妻 |
|---|---|
| 謀求物質 | 收藏貯存物質 |
| 遊外謀生 | 持家 |
| 賺錢取得必需品 | 不該浪費 |
| 與許多男人交往 | 少與男人交談 |
| 大方得人緣 | 內斂少交遊 |
| 當口才便給 | 思沈默是金 |
| 施捨 | 節省 |
| 主外 | 主內 |

自有小說之始，兩性之間的追求和婚姻關係即占了其體裁的大宗。菲
爾定陽剛類型的主角屬少數。理查遜所代表的英國小說主流刻意「寫
實」呈現女性的語彙和經驗，以女性的名字作為書名，同時也以女性
讀者作為訴求的對象。

　　阿姆斯壯以《潘蜜拉》為例，說明理查遜寫作的「女性化」
（feminization）策略，使得十八世紀的小說足以稱為一種女性論述
（feminine discourse），用以回應群眾心理中的女性欲求，以及建
構性別角色分工和中產階級理想的女性形象。《潘蜜拉》即是小說發
展初期中產階級意識所孕育的一個文化幻想。潘蜜拉出身鄉里，能讀
能寫，堅守貞操觀念，抵死不從少主人的侵犯，最後終於贏得尊重，

得以進入士紳家庭主持中饋。小說的男主角Ｂ先生，曾經以五百鎊作
為贈金，意欲交換已在他掌握中潘蜜拉的肉體，但遭拒絕。理查遜給
予潘蜜拉以拒絕的力量，最後並且以婚姻賜予她作為快樂結局，在一
個虛構的情境中扭轉了社會現實裡性別權力極度不均衡的態勢。Ｂ先
生雖無貴族頭銜，但因家業龐鉅，社會地位高不可攀，潘蜜拉能夠
與他結婚並獲得家內的主權，所憑恃的僅為上進的品格及「上帝的恩
典」。非爾定曾經對理查遜的這則「士紳可以被女婢說服」的神話加
以輕蔑調侃，大表不能相信現實社會中會有Ｂ先生這種人物的存在。
《羞蜜拉》一書便是非爾定極端懷疑論的形諸文字。然而，信者自
信，理查遜卻也傳達且滿足了中產階級的欲求：士紳階級可以滲透，
可以與之媾婚，可以「改造」為中產階級女性可以在其中享有主權的
家庭領域。當然，阿姆斯壯並不以為理查遜的女性論述可以和今日女
性主義者的理想等質同量。但是，顯而易見的，她的首要目的在於切
入「小說記錄性別歷史」這個議題，她的女性主義立場不言而喻。

在六〇年代，杭特曾經對瓦特的論述提出尖刻的批評。三十年
後，在《有小說之前》的序言中，杭氏中肯地評騭了瓦特的功過。他
讚揚瓦特搗毀新批評芻像的勇氣；雖然依舊不滿瓦特貶抑非爾定而揄
美理查遜，但是杭特終究能視瓦特為自己精神上的啟蒙師，承認瓦特
是第一位正視讀者在小說史上地位的學者。對杭特而言，所謂「作品
的自主性」（autonomy of text）是不存在的。杭特也認為，文學的
世界一如日常的世界，其中假設多於真理，互動勝於自主。文學作品
的「關聯」是雙向的：往前向外去觸及讀者，向後回溯至過去的源
頭。他說，「作品是某一個文化時刻複雜的產品，在其中見得到漸行
漸遠的歷史，以及迤邐走近的未來」（ｘ）。研究小說文類史和個別
作品必須知道歷史及傳統，其中包括非虛構及非敘事性的傳統與非藝

術及非文字的過去——那些與我們當代世故的小說藝術觀念相去甚遠的，文化的殘簡斷篇。作者的創作意圖、讀者的閱讀欲求、當時的文化條件（諸如出版的機制）、作品所意涵的和讀者所接納的——這些因素構成了一個力場，供給不同的意識型態互相競爭與牽動。作品可以解釋爲文化性的事件，它代表了時間長流中的一個點和一份存在於歷史中的意識。

要重新建構這個點和這份意識，首先要在歷史史料中尋覓「原始的讀者」。瓦特所建構的十八世紀小說讀者是中產階級——薄有資產的小生意人、有閒的婦女、以及識字支薪的家庭女傭之流。杭特的論證比較具體，他在當時鼓吹「新奇」（novelty）最有力的期刊《雅典人的信使》（*The Athenian Mercury*）的刊文中，探索「原始的」讀者反應。識字率在十七世紀增加最快速，持續到十八世紀初期，一個讀者群已經隱然成形。他們所讀的書當然不只是虛構的敘事體，其中尚有別的。無論在動機或是在經濟能力上，這個讀者群都和讀詩的人口不同。如果我們稱波普的詩爲廟堂文學，那麼，小說顯然就是市井文學，讀者以小市民及婦女爲主。教育的普及自然也使婦女受惠，然而，女性的識字率不過約爲男性的三分之一（見 Chapter 3）。雖然杭特對男女識字率的比例並未明列，但他間接引述了十七世紀中葉至十八世紀中葉一百年間識字率的統計資料，百年間的明顯增加，吻合了默基恩所推斷小說的成形期。

討論小說的特色「新奇」時，杭特表示《雅典人的信使》具多方面鼓吹的功勞。這本期刊的名稱中「雅典人」一詞出自《聖經》〈使徒行傳〉十七章二十一節，其中經文記載:「那兒的雅典人和外地人整日無所事事，只是談論打聽新奇的玩意。」主編當騰(John Dunton)明白地宣告，他創辦刊物的目的，就是要滿足群眾喜愛「新聞和新鮮

事」的心理。在發刊詞裡，他誇大地說：「幫別人出版了七百餘本的
書之後，本人接下來最樂意作的事莫過於自己寫上六百本書（一千六
百本也可以），一定要讓『喜愛新奇的人』知道，本人是如何為滿足
他們的好奇心而辛勤工作。」「雅典人」一詞於是與「喜好新奇的
人」同義，當騰也另創了「雅典人之癢」一詞指稱好奇心。

　　當騰是名成功的書商，不但出版書籍，也經營販售，而他辦《雅
典人的信使》的目的在於推廣一己的信念。這本刊物的編輯政策鼓勵
讀者參與，首開「讀者信箱」的先例，每週出版二次，讀者投函所問
的問題無奇不有，求解人生的各種難題，其中最大宗的是所謂「良心
決疑」（casuistical）之類的，例如個人在極端困境之中或全然無知
之下所犯的錯誤是否可以得到寬有。這些問題並不屬於教會和法庭的
管轄範圍，是傳統道德戒律所放逐的棄兒，但卻也是許多現代人在跨
過社會經濟變動的門檻時切身感受的困惱。《摩兒福蘭德絲》中質疑
的也是這個問題: 無知所犯下的亂倫是不是會陷靈魂於地獄（摩兒有
一任丈夫為同母異父弟弟）。一六九○年代，《雅典人的信使》銷售
暢旺，是新聞期刊但兼具心理諮商的功能，提供給讀者的和後來的小
說所能提供的不謀而合。杭特認為，這份期刊對小說之成形裨益甚
多。這份期刊發行了六年，定期結集出版單行本，它首創與讀者雙向
溝通，討論社會禮教所規避的問題，觸及的讀者群甚廣。

　　誰是小說的讀者？ 衛道的約翰笙悻悻然地揪出「略識之無和四
體不勤的年輕小伙子」❶❹。杭特則坦承，根據時人季爾登（Charles
Gildon）的說法，確實情況無案可稽❶❺。不過，一般認為中產階級是

---

❶❹ Samuel Johnson, *Rambler* 4, Yale Edition, III.
❶❺ 見 Paul Dottin, ed., *Robinson Crusoe Examin'd and Criticis'd*
（London & Paris, 1923）, pp. 71-72.

主要的讀者群。杭特放棄以階級做爲分類的標準，轉而自閱讀心理著手。爲何閱讀虛構小說？理由可能是個人的、文化的、和時代的。除此之外，小說作爲一個文類，顯然有它吸引特定讀者群的特色。以十八世紀而言，詩的讀者群很明顯地就與小說不同。企圖在新古典主義中尋找秩序的讀者，多半不會是「雅典人」。而不同的小說讀者選擇讀何種小說，又另外受到特定時空條件的影響。生產者與消費者——作者與讀者——間的欲求互動，也是一項決定性的因素。杭特調侃學者往往夸夸其談，誇大了超越物質與個人因素的集體情操（普遍論與載道說），反而避而不談最基本的閱讀心理，諸如：排遣時間、尋找做人行事的指引、愛聽故事、與書中人物神交，以及逃避日常生活中煩心纏身的瑣務。這些動機雖然難登大雅之堂，但卻是最實際的。此外，替代經驗更是一個重要而吸引讀者的閱讀效果。十八世紀的小說讀者與古代或是今日的讀者相去其實不遠，也是企圖在小說人物和情節中印證自己的遭遇。自狄福至奧斯婷，一般小說中的人物多是心性未定的青年男女，而其中情節也多是他／她們的成長過程。

　　這種類型的小說銷路通常較好。《潘蜜拉》和《魯賓遜》幾乎成了家喻戶曉的「眞人眞事」⑯，《湯姆瓊斯》賣得比狄福以中年已婚女子爲主角的《愛米莉亞》（*Amelia*）好得許多。小說既自日常生活中取材，其主題及論事角度偏重作者個人的主觀詮釋或是當代的「新奇」思想，情節也多半有關都市經驗與如何「出人頭地」，因此吸引年輕的中下階層的讀者，這是很自然的。小說提供給他／她們的是一個雖屬虛構卻可轉換成心理或是社會眞實的機會。

---

⑯　《潘蜜拉》在報刊連載，刊出她與 B 先生舉行婚禮的當日，鄉鎮教堂鐘聲齊響，爲她祝賀。《魯賓遜》一書幾已成爲家家戶戶的第二本《聖經》，全家老少朗讀諦聽，視爲日課。俱請參見 *The Oxford Book of Literary Anecdotes* (Oxford: Clarendon Press, 1975).

杭特《有小説之前》一書的後半部專注討論了十八世紀小説的「前文」(pre-texts)：新聞文體、天意故事 (providence books)、指引傳統 (guide tradition)、傳記 (private histories)、歷史、自傳和遊記等，認爲這些間接產生推波助瀾的作用，有利小説的出現。新聞文體首居媒介之功。當騰的「雅典人」風潮建立了一套欲求的修辭，引發了消費者的參與動機，進而將「追求新奇」變成中產階級的集體意識。此一品味普及和通俗化的趨勢配合倫敦的都會化，形成了一股衛道保守者所不樂見的潮流。「雅典人之癢」受到了波普及史威夫特的大力撻伐。但是，新奇和新聞卻迅速地和倫敦市的生活方式結合，與西郊翁鬱蒼翠的西敏區形成強烈的對比。新聞文體除了聲援實證主義，敏於記錄感官經驗之外，它也肯定了個人和殊相的價值。在修辭層面上，新聞文體與傳統（傳奇、詩歌）劃清了界限；它記錄外在日常生活中的細節，不再宣揚抽象的理念或是普遍的人性。

吊詭的是，十八世紀初的小説中，「日常」和「外在」的修辭策略與「神奇」並行不悖，個人經驗中超自然的事件同時也成爲小説的合法題材。《魯賓遜》一書的全名爲《魯賓遜奇特且令人驚訝的探險記》 (*The Strange and Surprizing Adventures of Robinson Crusoe*)，顯示出在追求和自詡寫實的同時，初期小説中仍然殘留有傳奇的色彩，一般讀者對「未知」的世界抱有強烈的好奇。除了靈異世界之外，這個未知世界也包括了基督教的「天意」觀念。靈異奇事純粹在於滿足不尋常的閱讀胃口，而天意故事卻具有強烈的說教功能，旨在向讀者宣揚上帝的智慧與能力，以及善惡果報的眞理。特納 (William Turner) 在一六九七年蒐羅近五千個天意故事，其中的一則講述一名十歲男童預知自己的死期，其他則有關地震和暴風雨等自然災禍，故事所本有《聖經》、希羅文學、英國歷史和口述軼事

等，有些由當騰輯集成書，有些則在《雅典人的信使》上轉載❼。當騰同時也鼓勵讀者投稿，將自己個人的「天意」經驗與廣大的讀者群分享，俾其「再一次體嘗上帝的善」。

「指引傳統」的目的也在於說教。一六六〇至一七四〇年之間，坊間出版無數的小冊專書，其中包括了講道詞、神學論述、聖經評論、禮拜手冊、時事評論、教義問答、老(《聖經》、古典)故事新說、軼事等，以勸誨教善爲共同目的，語調懇切，訓誡諸如詛咒、賭博、酗酒、奢侈等行爲。這些書多半以手冊的形式出現，其中有些是具體的行爲準則，有些則教導手工藝。總之，這一類的書提供了改善精神及物質運途的具體作法，例如《婦工指引》 (*The Whole Duty of a Woman: or, an Infallible Guide to the Fair Sex*) 等。此書全書近七百頁，除了教導烹飪之外，書中還討論了宗教教義、溫馴賢淑和「處女須知」 (The Duty of Virgins) 等內容。狄福於一七二六年出版《英國貿易商指引大全》 (*The Complete English Tradesman*)，也以教善爲主要的目的，但兼具職業手冊的功能。

「指引」類的小冊子大量風行，顯示一般人視道德修行的方法爲公共財產。另一方面，日記、傳記和旅遊見聞錄等則是私人札記性質，記錄個人救贖的心路歷程，提供大眾作爲範例和見證。記日記是清教徒苦修心態的一個行爲表現，著重將每日事無分鉅細忠實記錄，到了十八世紀初，已經成爲識字階級絕大多數人的日常習慣。杭特並不以爲日記孕育出小說，但卻認爲，記日記的心態和動機——將內心深處神聖或是不足爲外人道的激情形諸文字——舖陳了一個文化氛圍，使

---

❼ A Compleat History of the Most Remarkable Providences, both of Judgment and Mercy, Which have Hapned in this PRESENT AGE.

得往後的小説作者能夠自然順當地在作品中處理隱私性的題材，一方面在個人經驗上加以主觀的著墨，另一方面則又一貫地抽繹出說教的主題。十七世紀中葉，清教思想已經瀰漫了英國全境，其間，清教徒短暫治國，旋又下野，但是，清教律己自省的思想習慣卻在清教徒政治失勢之後仍然繼續宰制人心。記日記即被稱爲「夜課」 (nightly review)。時人諾歷士 (John Norris) 如是說：

> 夜晚就寢時，最好回顧白日的所言所行，省思其過程；行善可榮耀上帝，作惡則虛心向祂懺悔，睡眠之前務必與祂和解。夜夜如此，自會明瞭內在虔敬之心的進展和靈魂的處境，以及你和上帝之間的帳目是否平衡。如此，你會樂於日有長進，每夜期待記錄日間行事的帳目。❶⑧

記日記講求具體的細節，暗合了小説的寫實策略，以及現代時期逐漸發展出來的量化和注重資料分析的思維模式。日記文體的興起及出版無形中造就了許多「作家」，此輩作家雖然不具聲名，但他／她們如此狂熱於記錄和分析自己的眞實與心理經驗，實在可以視爲摩兒和克拉麗莎的先驅。

　　自傳和傳記體作品的產生也是出自清教思想，旨在鼓勵——近乎強制——個人訴諸文字記錄言行，進而爲救贖的宗教大業貢獻一己之力。清教思想對文字賦予唯一的信任，懷疑口述傳統，認爲唯一眞實可信的「道」 (Word) 僅載於《聖經》之中，人人得以閱讀親炙。相對地，透過教士口宣的經文教義已經受到個人私心的主觀污染。如

---

⑱　見 Hunter 所引 *Spiritual Counsel: or The Father's Advice to His Children* (1694), pp. 10-11. *Before Novels*, p. 305.

此對文字記錄的偏執，自然助長了寫作與出版事業的發達。自傳和傳記多數記錄心靈層面的宗教經驗，兼含眞誠的懺悔以及記述所犯的罪惡。坦白懺悔和具體認罪既然受到嘉許，於是，有些作品便不免過度寫實，導致負面的震撼力。賢與不肖、惡魔與回頭的浪子，乃是一體的二面，是同一個人物截然不同的二個生活階段。約翰笙便常憂心，因爲回頭浪子的昔日荒唐書成文字，難以擺脫誨淫誨盜之譏，這份憂慮一直持續，正是他不看好小說教化功能的理由。

　　然而，讀者的視野和胃口已開，而作者更是躍躍欲試，企圖書寫各式各樣的個人經驗。此外，旅遊體的興起則滿足了讀者對異域的好奇心理，極想一探其他人如何在不同的空間裡過活。這個興趣自然源自十七世紀的人對文化差異已有感受。經過二百年歐洲海外殖民的歷史之後，他們已知有外邦文明或非文明的存在。

　　自瓦特以降幾位重要的小說文類史研究者所代表的歷史文化研究方法皆著力於小說文類的外緣意涵：它和思想史（哲學與宗教）、社會史（階級與性別）、文字傳播（讀者與出版機制）和大眾心理（作者與讀者的欲求）等因素的互動或平行關係。他們之間有差異，但也有共通處。後者包括：主張小說爲文化生產及消費環節中的一個要素；反對文學／歷史的二分法；認爲小說史的研究不能自外於歷史的研究；將英國小說的起源定位於一六九〇年代；認爲鬆動的思想架構（政治、宗教、社會與認識論的）扶助了小說的孕育茁長，特別是清教思想所倡議的個人主義，以及隨著哲學及科學經驗論與實證論之興起，格物致知的思考及行爲模式得到鞏固；小說的出版者鼓吹求新的消費型態閱讀；女性讀者的增加刺激了「女性論述」的流行；以小說史研究來抗衡長久宰制十八世紀英國文學研究的霸權——新古典主義研究。這樣的一套文化歷史論，其目的除了從歷史角度詮釋前人所忽

略的通俗文類之外，更大的目的自然是政治性的。自瓦特頡頏新批評的風潮以來，歷史文化論的學者都肩負著政治性的使命，或是反對結構主義，如默基恩之於李維史崔斯 (Lévi Strauss) 和傅萊 (Northrop Frye)；或是反對人文主義的傳統價值，如杭特之為「新人類」及其喜好新奇的品味辯護）；或是反對性別之強勢壟斷，如阿姆斯壯之論女性空間。這些學者之間容或存在著傾軋矛盾，但他們的基本立場卻是一致的：否認小說是「斗室文化」（closet culture）；強調它是活力充沛、結合歷史並且推動潮流的一股文化力量。他們搜集有限的歷史資料（如人口統計數字和識字率等），走出文學，涉足歷史和哲學的領土，不時謙虛地提醒讀者，他們的論點受制於文獻及個人的訓練，並非定論。因為有了這個以通俗文化為導向的趨勢做為平衡，十八世紀英國文學的研究才得以免除單調，重覆新古典主義的道統研究。尤其，早期的小說作品既以寫實的意識型態為其標幟，則封閉性的新批評式研究難免會流於瑣細平凡。歷史文化的外緣研究一方面擴大讀者的視野，一方面也避開了強為文字做解析而致拉雜嘮叨的危險。如果我們承認，任何批評策略及學派皆有其長短優劣，那麼，歷史文化論可以說是研究小說史的一種有效方法。但是，它對文字的解析或者缺乏興趣或者力道不足，則是一個明顯的弱點。人文主義者多半會批評，這樣的讀法把文學當成社會學的輔助教材。

此外，文化歷史論者彼此之間也仍有爭議：例如，中產階級如何界定。默基恩批駁瓦特的本質論，認為既簡約又過分省力。他認為中產階級的界定至少可以從三個方面著眼：資財、土地和爵位的多寡有無。瓦特只是以資財和爵位作為階級分野的標準，假設有土地者率皆有爵位。這個二分法顯然不夠。有一個界乎其中的群體，擁有土地卻無爵位，他們的存在就遭到忽略。菲爾定的多數小說人物與理查遜的

克拉麗莎家族皆屬於這個階層，具備新興意識但卻又抱持著蠢動的貴族心態。此外，瓦特將中下階級一概視爲中產階級，雖然簡便但不周延。

文化歷史論者運用的另一個策略，在於點明典律／通俗的位階二分法乃是傳統威權心態的表徵，因而刻意抬舉後者，藉以平衡長久以來觀念上的偏差。基本上，這些學者走入歷史的日常角落去發掘庶民的文類——小説——其本身便是一種顛覆性的方法。雖然瓦特終究還是鍾情於小説名家，但是，從相對的角度而言，瓦特所論諸如理查遜等人仍然屬於新貴作家，而非已入祀廟堂的傳統詩人。卡爾論惡漢小説，阿姆斯壯專論十八及十九世紀小説中「高攀」模式的性別與婚姻關係（如《潘蜜拉》），所關注的重點都是文化範疇裡弱勢群體如何嶄露頭角。這個群體的道德觀和言行儀態（morals and manners）以及心理欲求，正是小説家觀察詮釋的對象。杭特發眾人之未見，特別自第一手資料中凸顯當騰其人和《雅典人的信使》，企圖建構一個代表庶民品德的典範，藉以抗衡新古典主義的菁英傳統。當騰所代表的新文化人集印刷商、編輯和行銷員於一身，因而能機靈地掌握當時通俗的讀者心理和市場走向，外加企業化地大力推廣與促銷。杭特創造／發掘了這樣一則通俗文化英雄的神話，固然達到了其辯證修辭上的目的，但是也引發了傳統派學者的批評。這些持反對意見的學者認爲，當騰被簡化及美化了，其生平與著作中夾纏著許多渣滓（諸如揭人隱私等小人行徑），實在與他的「英雄」角色格格不入。他們認爲，杭特選擇性地討論比較正統的題材（《雅典人的信使》中論道德及宗教的部分）來洗白此人。知名學者諾威克（Maximillian E. Novak）便直接指責杭特爲求顛覆新古典主義而踏上另一個極端，褒揚如當騰

的一介文丑，是故意與波普和史威夫特唱反調⑲。

由於策略運用上走庶民通俗文化的路線，因而引發了捨珍珠就麥麩之譏，但小說史學者並不諱言自己在不止息的古今之爭（Ancients vs. Moderns）中站在新人類的一邊。此外，這些學者選擇英國小說的起源作為研究的對象，在這個劃定的國家文學的範圍內殫精竭慮地埋首古籍，唯盼能有新文獻出土，進而對這個研究題目能夠有更完整的歷史建構。他們隱而不宣的主觀自然是「小說是英國人的發明」，就如羅馬人昆替連曾經自傲地說過：「諷刺詩完全是我們所獨創」（"Satira quidem tota nostra est"）一樣。國家本位論及本質論的優劣明白可見：一方面，旗幟鮮明使得其修辭得以具體、集中而有力；另一方面，卻也容易因此招致批評，被評者譏為島國心態，顯然無視於海洋彼岸既有的或平行的成就。實際上，十七世紀末葉，倫敦已有許多法文及西班牙文小說翻譯成英文作品，在坊間銷售甚廣⑳，其情節及人物，在十八世紀名家的小說中亦依稀可見。

上述小說史研究的英國主義和歐陸主義之爭，基本上仍延續了十七世紀初以來的傳統與現代之爭。求新或是守舊，雙方各有堅持。在傳統派的學者（以新古典主義者為代表）看來，新即是惡，若胸中無古典文學的墨香，卻強要舞筆弄文坐享名利，即是可鄙的新貴文丑。相較之下，現代派學者崇尚個人的創作自由，認為小說是終極的現代文學形式；倫敦的文丐街中無數煮字療飢的小報作者、小書作家，皆是群眾心理的專家，最能掌握平民個人的日常經驗，於是在文

---

⑲ "How the novel got to be that way?" *TLS* (Jan 25, '91): 8.
⑳ 例如，Mme de Lafayette, *The Princess of Cleves*; Mateo Aleman, *The Spanish Rogue*; 當然，更重要的是 Cervantes, *Don Quixote*.

字世界中創造了白手起家的神話，呼應中產階級心靈深處求取利祿和社會地位的願望。文化歷史論者認為，小說文類史是一則歷史論述，其中揉合了作者、讀者、階級意識、性別意識和物質生產的條件，記錄並且參與創造意識型態，呈現了某個歷史定點上的文化現象。

古今之爭代表著二股對立的意識型態的互動，雙方各有支持依恃者。「新派」——上述小說史學者——並不奢談宇宙的法則或是人性常理，他們視小說作品為文化史上的事件，代表了歷史的某一時刻以及某一個主觀意識的呈現。小說的生產和消費最終是要追溯到個人處在文化架構與機制之中的欲求。這樣的詮釋策略縱有其不足之處，但它對英國小說史的研究提供了許多閱讀和再思考的方法及方向，卻是不容否認的。

小說的起源不止一家之說。除了卡爾之外，本文所討論的數位學者率皆視小說為英國的國家文學；他們的立論雖或重點有異，但都視十七世紀至十九世紀為小說的演化及成熟期。瓦特揭櫫「形式的寫實主義」，將英國小說的血緣與傳統文學一刀兩斷。瓦特以降，這個心態延續不絕。本章所論及的文化歷史學者雖將瓦特當作交鋒辯詰的對象，但是他／她們的「現代派」與英國本位的立場相當一致，刻意避開小說和史詩及其他傳統文類間的離合吊詭。與盧卡錫（Georg Lukacs）和巴赫汀所代表的國際主義隱然成對峙的陣勢[21]。在國家主義和國際主義的修辭兩極之間，本章所討論的英國小說史的研究學者大多選擇了前者。

---

[21] 見 Lukacs, *The Theory of the Novel*; Bakhtin, "Epos and Novel," trans. Holquist and Emerson. 所論小說與史詩，以及其他「低階文類」（例如 Socratic dialogue, Menippean satire 等）之間的離合轉折，顯示二人宏觀的跨國角度。這個議題因不屬本文討論重點，僅加註腳，俾使參照對比。

# 第六章　千面女英雄:
## 《克拉麗莎》中的神話架構

　　女性主義文學批評自一九七〇年代萌芽以來，發展至今可謂百家
爭鳴❶，但是基本上可分爲兩大陣營: 強調女性爲次等性別，此一歷
史事實的經驗論; 和主張捐棄性別成見，達致兩性諧和的理念論❷。
這兩派一強硬一溫和，手段及修辭雖異，但是目的相同，皆努力於修
改傳統的父系文化，端正久經誤導的女性形象。隸屬理念派的最新
著作有皮爾笙 (Carol Pearson) 和波樸 (Katherine Pope) 合著的
《英美文學中的女英雄》❸，以肯伯 (Joseph Campbell) 的英雄神
話爲基礎，建立一個結構對應，但主題不同的女英雄神話。肯伯在名
著《千面英雄》 (*The Hero with a Thousand Faces*) 中將英雄
的追尋區分爲三個階段: 離家、入世、回返; 英雄歷經考驗，尋找父
親並與父親和解，完成自我成長。皮爾笙和波樸認爲傳統英雄神話忽
略女性，認爲女性亦有英雄事業，追尋自我，但是女英雄最後與母親
認同，而非如傳統英雄排斥母親; 她將考驗的過程中學習到的男性特

❶　請參閱 Elaine Showalter 的二篇重要論述: "Feminist Criticism in
　　the Wilderness," *Critical Inquiry* 8 (1981): 179-206; "Towards
　　a Feminist Poetics," in *Women Writing and Writing about
　　Women*, ed. M. Jacobus (London: Croom Helm, 1979)，pp.
　　22-41.
❷　此兩派的修辭互異。請見拙著〈經驗論與理念論: 女性主義批評的修
　　辭兩極〉，《中外文學》14: 10 (May, 1986)，8-22。
❸　*The Female Hero in British and American Literature* (New
　　York & London: R. R. Bowker Company, 1981).

質揉合女性特質，終能獲致雙性人格（androgyny），成爲完整的個人。理查遜的《克拉麗莎》，如依據皮爾笙和波樸兩人改編自肯伯的女英雄神話，則克拉麗莎可視爲女英雄，她尋找的不是父親（基督教的天父或父系文化的道德體系），而是宇宙雙親（the World Parents）所象徵的雙性人格。

# 一、傳統的英雄神話

研究英雄神話的論著中最著名的除了肯伯的《千面英雄》之外，尚有雷格蘭（Lord Raglan）的《傳統、神話和戲劇中的英雄》、韋士頓（Jessie Weston）的《從儀典到傳奇》，以及諾曼（Dorothy Norman）的《英雄：神話／意象／象徵》❹，皆認定舉世中不同的文化裡都可以抽繹析離出一則神話架構；各個不同文化的神話中，英雄雖面貌各異，但骨架及精神則僅有一種。諾曼將英雄神話的基本架構界定爲個人與自我的爭鬥，是個人迎接挑戰，爲所當爲，不計代價，謀求個人與群體福祉的過程。這個定義簡潔明瞭，掌握了英雄神話的基型。

容格（Carl Jung）自心理角度研究英雄神話。他將性別兩極化，將男性特質(animus)視爲意識，將女性特質(anima)視爲無意識，而

---

❹ Joseph Campbell, *The Hero with a Thousand Faces*(New York: World Publishing Co., 1970); Lord Raglan, *The Hero: A Study in Tradition, Myth and Drama* (New York: Oxford Univ. Pr., 1937); Jessie Weston, *From Ritual to Romance* (Garden City, N.J.: Doubleday, 1957); Dorothy Norman, *The Hero: Myth/Image/Symbol* (New York: New Amer. Lib., 1969).

視英雄追尋的目標爲他的個體的均衡發展,追尋的過程則爲他的內涵愈趨成熟, 他的心理愈近平和完滿的, 逐步漸進的發展。容格說:「個人唯一而眞正的探險是探索他的無意識,而這個追尋的目標在於塑造一個諧和平衡的個人與自我之間的關係」**⑤**。肯伯的英雄追尋,第一階段包括徵召、 拒絕徵召、 仙力介入、 跨出門檻、 進入混亂世界; 第二階段包括上路受試煉、遭遇誘惑、與父和解、心願得償;第三階段爲回返故土,重建秩序。

容格和肯伯的英雄神話是父系文化的產品。容格雖然在解釋的過程中兼論及男女兩性,主張兩極化的性別特質應該揉合,男性在人生旅程中得女性特質之助,方能一探無意識的領域,而女性得男性特質之助,方能脫離無意識,進入意識的層面,但是他的結論卻排除了女性,將英雄的追尋限定爲男性的專業(「個人唯一而眞正的探險是探索他的無意識」)。肯伯在《千面英雄》書中列舉的全是男性例證,女性扮演的是女神、狐媚妖女和大地之母等次要或負面的角色,有利於英雄的追尋時被占有吸收,有礙時則被剷除。英雄若是世界的君王主宰,女性則象徵世界;英雄若是勇士,女性則象徵不朽的英名;一爲主體,一爲客體;一爲征服者,一爲被征服**⑥**。

# 二、女英雄神話

女英雄神話以女性爲中心,保留傳統英雄神話的架構,但是肯定女性自我追尋的意義。皮爾笙和波樸質疑父系文化的命名法:

---

**⑤** *Man and His Symbols* (New York: Dell, 1968), p. 168.
**⑥** *The Hero*, p. 342.

父系社會視女性為人生戲劇中的輔助性人物。男性改變世界，而女性輔助他們。這個假設導致訛誤的文學詞彙與批評方法。批評家素來稱男性主角為「英雄」或「歹徒」，稱女性主角為「女主角」（heroines）。然而，若依此說，我們在歸類區別女性主要角色時，基本概念便有問題。稱呼安蒂岡妮、海斯特普林和愛麗絲為女主角，而稱呼克里昂、丁岱爾和恰昔貓為英雄，是不對的。正如傳統的男性英雄，這三位女性踏上追尋自我的路途，而諸男性人物則扮演輔助性的角色。❼

批評家不應該沿用舊詞，稱呼這類追尋自我有成的女性為女主角，而應該稱呼她們為女英雄（female heroes）。

皮爾笙和波樸將女英雄的追尋劃分為三個階段，類似傳統英雄神話，但是修改用詞為：「別離家園」、「國王的新衣」、「尋獲母親」。三個階段各有基型意象。第一階段的家園對女英雄而言是囚籠或鏡子。在父系文化史上，女性或受到限制或受到保護，都是特殊待遇，皆為了使她符合既定的形象。這些既定的形象不外貞潔、顧家、慈愛、無私。終其一生，女性受到獎賞或懲罰，端視她是否稱職地表現社會要求的行為模式。換言之，她必須安於囚居，以社會要求為鏡，時時不忘整肅儀容檢點行為，自我形象乃不可能。家是女性被派定的歸屬，廚房和嬰兒房是她的人生舞臺。家提供庇蔭安全，也是牢籠，將她隔絕於世界的活動之外，蟄居於被動馴服的無自我意識狀態。

安於家的女性象徵純潔，一如墮落前的夏娃，享受伊甸園的豐實

❼ *Who Am I This Time? Female Portraits in British and American Literature* (New York: McGraw-Hill, 1976), pp. 4-5.

無缺與平靜詳和。父親的家園中首要誡諭是服從，而貞潔是附帶的衍生誡條。夏娃一旦有了自我意識，便不容於家。「離家」的神話母題表現在文學中，常是女英雄受人誘使，違抗父命，貞潔遭損。她踏上人生的道路，面對的是充滿生命力，但也紛紜動盪，尚無秩序的經驗世界。

　　女英雄的孕育起於她的自我意識萌發之時，在她開始詰疑，拒絕接受保護與限制，不再相信自己是次等且有缺陷的。佛洛依德所維護的父系文化性別價值觀──以男性為心智活動之主、為生理構造之「有」，以女性為被動、為「缺」──在女英雄的成長過程中逐漸瓦解。第二階段「國王的新衣」的基型意象是揭穿不存在的父系文化的謊言：國王的新衣是用來欺騙不敢面對自我及事實的人。這個階段，女英雄從事類似傳統英雄的屠龍行為，龍象徵父系文化男尊女卑說所衍生的迷思。引發女英雄的自我意識的觸媒常是一個「引誘者」，或正或邪，引導她邁向探險，但是也是她最後要擺脫的初期的依賴者。

　　父系文化的龍有各種化身，但大體可分為四類：兩性角色不同、女性守貞、婚姻為女性歸宿、女性須是無我的母親。這四類迷思皆訓諭女性克己柔順，只有肉體沒有心智，被動而不能主動，感性而非理性，要固守女性特質，禁閉在無意識的渾沌晦昧之深處。父系文化的偏執反應在文學中，則為傳統刻板的女性形象：貞女賢內助和妖女妬婦的兩類極端女性，顯示的是父系文化的欲求與恐懼，而非真實的女性。女英雄逐步肯定自己的獨立人格，界定自己而不被界定，她便獲得了自主權，屠殺了拘禁威脅她的惡龍。

　　第三個階段，女英雄回返家園，初欲尋父，但是終於領悟到母親才是她渴求的目標。她破除了最後一重最牢固的男尊女卑的偏見，修正了與男性傳統認同的企圖，轉而肯定女性特質，認同母親。雙性人

格是此階段的基型意象。女英雄與傳統英雄不同。後者的自我成長以父親爲模範，在追尋的過程結束時繼承父親，成爲世界的主宰。女英雄的自我成長邁出更遠的一步：在發現到內在的父親（自立、勇氣等男性特質）之後，她重新調整與母親的關係，再次肯定她的女性特質（原始生命力、直覺等），而非棄絕這些父系文化所鄙視的特性。女英雄最後達成的自我是兼具兩性特質、中庸平和的人。女英雄的典範非母系族長，多謀幹練繁殖增生，用以與男權抗衡；她造就的是一個不役人亦不役於人的獨立謙和的人格。

文學作者一旦選擇女性作爲作品的中心人物，可以說已經承認了女性爲主要的存在體，認眞思索父系文化的假設，檢驗父系文化迷思之眞僞。《克拉麗莎》中的女英雄神話脈絡明顯，意旨清晰。肯伯強調神話的重要性，認爲是人類精神文化與物質文明的源頭：「宗教、哲學、藝術、社會形式、科技文明，一切擊潰睡眠的夢想皆似蒸騰的沸氣，自神話的魔術環圈冉冉上升」❽。神話和歷史之間互爲作用。父系文化曾經制約女性的自我意識長達數千年。或許，一個雙性並容的恢宏活潑的新文化，可以自闡揚女英雄神話開始。

# 三、女英雄克拉麗莎

理查遜是十八世紀四〇年代英國中產階級的代言人，是印刷商也是作家，是伊各頓（Terry Eagleton）所稱的道地的「生產者」（producer）❾，掌握印刷機和筆，能夠以文字創造公眾意識，替次

❽ *The Hero*, p. 30.
❾ *The Rape of Clarissa, Writing, Sexuality and Class Struggle in Samuel Richardson* (Oxford: Basil Blackwell, 1982).

等階級充當喉舌。他的小說實際已超越白紙黑字的平面向度，而進入商業、宗教、倫理辯論和大眾娛樂的多度文化空間。《克拉麗莎》一書共八冊，刊行歷時經年，當時幾乎人人必讀，是商品也屬大眾文化。此書和上述種種文化指涉糾結難分，可說是策動及擴張當時中產階級公眾領域的力量❿。伊各頓明白指出，克拉麗莎不僅是虛構人物，更是公眾神話（public mythology）中的人物，是一場道德辯論的參辯人⓫。理查遜所進行的是與貴族階級的辯論，題目是「出身與品格孰輕孰重」、「上焉者與下焉者孰尊孰卑」。他用克拉麗莎來代表品格與尊貴，暗合了女性主義的主張。克拉麗莎對抗的是父命逼婚與貴族子弟的欺弄壓迫，其悲劇的開端是父親與貴族階級抗衡的野心，以她為擴張財產的手段。但是在精神層次上，這個悲劇結果卻轉而變成喜劇，肯定了次等社會階級不假外求的尊嚴。《克拉麗莎》訴諸一七四〇年代中產階級的群體意識。理查遜以一個平民，教育有限，而能受聘為皇家科學會的專屬印刷商，克拉麗莎以一個女子而折服玩世不恭的貴族子弟，兩者皆具有神話的超凡特質。《克拉麗莎》是一則以中產階級神話為表的女英雄神話⓬。

### 第一階段：別離家園

《克拉麗莎》雖然是一則契合中產階級個人主義的女英雄神話，但是諷刺的是，她所直接反抗的正是中產階級清教徒的父權，她的自我成長無可避免地要從離家開始⓭。理查遜代表的中產階級偏好行為

❿　*Ibid.*, p. 6.
⓫　*Ibid.*, pp. 4-50.
⓬　William M. Sale, Jr., "From Pamela to Clarissa" in *The Age of Johnson* (New Haven: Yale University Press, 1949) 文中亦視《克拉麗莎》為中產階級神話。
⓭　批評家咸認為《克拉麗莎》一書複雜多義，各義之間又時或互相矛盾，無法以一言蔽之。社會文化批評家如伊各頓做翻案文章，以理查遜為十八世紀女性主義之先河，與傳統以他代表中產階級的高壓禮教扞格不入。這種多義性足見理查遜的深度與廣度。

守則 (conduct books)，藉以達到道德的劃一。守則中有一條如是
說：

> 服從父親是為人子女生活中最重要的本分，但甚少有人遵行不
> 悖，尤其是有關婚姻。子女既是父親之家庭的成員……自然得
> 絕對順服父親的權力，不能視自己為自身所有，而擅自處理，
> 正如子女之不能處理父親之財產、祖產或其他財物。❹

《克拉麗莎》的故事正是以這個主題開始。哈婁是倫敦商人，資產頗
豐，但是仍受貴族階級卑視。在力爭上游的動機趨使下，擴張產業是
首要手段。英國傳統社會奉行長子繼承制度，土地不易取得，土地的
多寡是財富以及地位的象徵，多金少恆產正是中產階級的隱痛。索姆
斯向克拉麗莎求婚，附贈的優厚報償是，婚後若無子女願將財產併入
哈婁家。在倫理及經濟的雙重壓力之下，克拉麗莎允婚方是本分。

在父親的家中克拉麗莎的命定角色是乖女兒，服從、純潔、無
私。在這個階段她的形象也正是如此。理查遜寫她濟助勤苦的窮人，
鞭策自己行善（每週一百四十四個得分點為目標），美而不輕佻，得
寵而不驕傲，是典型女性特質的表徵。她是「超凡入聖的女人」（"a
divinity of a woman"），是女性美及德行的典範。這個階段的克拉
麗莎其實活在鏡中，扮演的是輔助性的角色；她是家庭物質命運之所
繫，是猥瑣的中年男士以及稍後浪蕩的貴族子弟所覬覦的物品。在家
庭會議一景中，克拉麗莎在椅旁的鏡中瞥見一個蒼白、無力、失神的
自己。鏡中的她是處於父親權威之下的萎縮的個體，是視線的焦點，

---

❹ 請見 Alan D. McKillop 於 *Samuel Johnson* (Chapel Hill:
University of North Carolina Press, 1936)，p. 135 所引。

是家庭及社會期許的目標獵物。克拉麗莎在鏡中（及被玷汚後在鎖洞中）出現的形象刻意塑造她的無助被動，小哈婁將妹妹介紹給索姆斯時說，「看看她的人」，在後者上下打量她時接著又說：「你要好生考慮她的種種特色」，在在都顯示她的客體地位。范耿稱此爲理查遜的視覺策略（optical tactic）**⑮**，用意在強調克拉麗莎在父系文化眼中的弱女形象，相對於全書結尾時她的女英雄形象。

促成克拉麗莎離家的直接「誘引者」是洛夫雷。洛夫雷瀟灑倜儻，代表聰穎、溫雅、社會地位、道德放任等貴族階級特權，相對於中產階級的保守衛道等特質，與哈婁父子和索姆斯（八字短腿、臃腫遲鈍）截然相反。洛夫雷的吸引力，在父兄逼婚的緊要關頭，便成了一個強有力（雖然虛幻）的觸媒，使得她決定離家。就清教徒的道德觀而言，女兒一旦離家與人出走，便已造成墮落的事實。但是就女英雄神話的觀點看，離家是她反抗束縛追尋自我的開始。

### 第二階段：國王的新衣

克拉麗莎出走的理由，按她信中告訴好友安妮，是要守貞不嫁，以維持自由之身。但是，不可否認地，異性之吸引力也是因素。女性追求情感或肉體之歡愉，是父系禮教所視爲禁忌的。她接納全家所反對的洛夫雷，本來以爲有了依靠，可以助她對抗父系文化之逼迫，但是不久發現洛夫雷狡詐的一面，是另一個「征服者」。在給安妮的信中，她敍述了無以爲家的惶恐以及路途的艱難：

> 我內心翻滾著強迫壓抑下來的激情（或許我對自己是過分嚴厲了些），在思緒起伏如怒海狂濤之際，我望見心所嚮往的港

---

**⑮** Dorothy Van Ghent, *The English Novel: Form and Function* (New York: Rinehart and Company, 1954), p. 4-9.

> 灣,那是我唯一情願駛入的處所,但是卻遭兄姊如澎湃的浪潮
> 的嫉妬所阻,遭到我認為不當的,如暴風怒吼般的權威所擋;
> 對我而言,洛夫雷是左邊的礁石,而索姆斯則是右邊的淺灘;
> 我戰慄不已,唯恐撞上礁石,又怕擱淺沙灘。⑯

理查遜使用的意象完全是史詩英雄歷練的基型意象。克拉麗莎既已離
家上路,除了勇往直前,尋求自擇的目標之外,別無其他選擇。

　　索姆斯的淺灘在她決定離家時,已經被她躲過了:她追求的不是
傳統的女性的歸宿。洛夫雷代表的才是她旅程中的阻礙。洛夫雷一角
的基型是撒旦,引誘人(夏娃)犯罪,使人與「父」絕裂。他的角色
在父系文化的詮釋中是天譴 (the scourge of God) ,用以砥礪凡人
的心智及信念。但是,在女英雄神話中,撒旦的功能另有一層無關道
德的意義: 他誘人離家,但是藉此「失足」,卻能造就人性的英雄。
「因禍得福」(felix culpa) 這齣傳統道德劇的重心,在女英雄神話
中,已經自基督移轉至撒旦,做為救贖的使者,而其主題也自神的恩
典移轉至人的自力奮鬥上。

　　洛夫雷將克拉麗莎帶出囚籠,但是自己是惡龍的化身,代表不存
在的兩襲「國王的新衣」: 奪女性的貞潔便是奪其志;婚姻是男性給
予女性的最好的獻禮。這是傳奇中才子佳人式戀愛的腳本,主客尊卑
的階級意識固定。 克拉麗莎知道, 惡龍洛夫雷的性愛婚姻觀是致命
的。 在夢中洛夫雷「一刀刺入她心臟」(Vol. 8, p. 324);她又
說,洛夫雷「將我丟入一處掘好的深坑,就在二三具半腐爛的屍體之

---

⑯ *Clarissa*, 8 vols. (London: Whittingham and Rowland, 1810) ,
　　Vol. 1, p. 286.

間；用手劃土泥覆壓在我身上，再用腳踩實。」克拉麗莎恐懼的是受制於男性所加諸的肉體與精神的暴力。她被軟禁於妓院，最後遭下藥污辱。洛夫雷的目的在挫服她的自我，要她在精神與肉體上皆安於囚虜的角色，視他爲中心和主人。他說：「我對她的所有權是不容爭辯的。她活著是誰的，死了又是誰的？自然是我的」(Vol. 8, p. 141)。洛夫雷視她爲次等階級(女性而且出身中產階級)，要先考驗其忠心，才願意給予她婚姻的回報。克拉麗莎拒絕向婚姻及強權效忠。

　　失貞是克拉麗莎自我追尋的轉捩點，可以比擬傳統英雄的離世入地獄。傳統英雄深入冥府，探得天機，而後復出人世，成就豐功偉業，經歷象徵性的死亡與再生的過程。克拉麗莎受辱，與撒旦有了實質的接觸，事後不肯屈服，反而更加伸張自我意志，未因貪戀婚姻或「遮羞」的企圖而埋葬自我。她說：「我的意志無瑕」 (Vol. 8, p. 198)，選擇死亡，她知道唯此方能擺脫洛夫雷的控制。至此，克拉麗莎的自我追尋已至終點，拒絕了不屬自我的一切社會報償(回頭浪子的愛情、貴族地位及父家的滿足)，求得自由。

　　在歷練的過程中克拉麗莎學到了勇氣、獨立、能力等男性特質。相反地，洛夫雷沒有學到謙遜、感情等女性特質。《克拉麗莎》一書是書信體，書信正是這場性別權力爭鬥與消長所進行的戰場。伊各頓以書信爲中心意象，分析洛夫雷與克拉麗莎之間的衝突，闡明理查遜的女性主義主題❶。這個中心意象可以用佛洛依德的性別理論來解析。佛氏以男爲行爲(如書寫)的主體(筆)，以女爲客體(紙)。男女的性別對立關係一爲侵略，一爲被侵略；一爲創造，一爲被創造。筆(男性性徵)是權威的象徵。但是，諷刺的是，克拉麗莎的文筆剛

---

❶ *The Rape of Clarissa*, pp. 47-55.

健，而洛夫雷散漫；克拉麗莎的理直氣壯，而洛夫雷的閃爍支吾。洛夫雷平日筆不離手， 就寢時手中不忘拿筆，但所寫皆不及義，浪擲筆墨，猶似貴族子弟之終日遊蕩虛度光陰。克拉麗莎寫信則為明志，「所寫皆是出自內心真誠的趨使」 (Vol. 1, p. 286)。洛夫雷引誘克拉麗莎的初步，是說服她「私下通信」，而進一步的企圖是肉體的媾通。在象徵的層次上，寫信與性行為是二而為一的。洛夫雷寄望在克拉麗莎的信中搜索任何不經意的筆誤 (solecism)，以羅織她失節的罪名。他強調兩人通信不涉及肉體 ("nothing of the body")，實則企圖藉通信征服她的肉體與精神。正如伊各頓所言， 書信在這本小說中是項「政治性的武器」 (political weapon) ❶ ，或如巴赫汀 (Mikhail Bakhtin) 所稱的，是「對話性語言」 ( dialogic language) ❶ ，目的在爭取意識型態的霸權。

　　《克拉麗莎》的女性主義意識在書信的意象上顯露無遺: 克拉麗莎的文體是陽性的，而洛夫雷的卻是陰性的，完全推翻了父系文化的假設。洛夫雷在形體上有男性的「意符」，而克拉麗莎卻擁有意志上的男性「意符」與「意旨」。如此說來，前者的性徵只是虛幻的現象，而後者的意志才是不變的本體理念。書中人物貝爾福說，克拉麗莎死前的信函「語意完整，叫人訝異」，超越了虛弱的肉體的桎梏，反映出拉岡 (Jacques Lacan) 所謂「鏡子時期」 中的和諧的理想自我❷。克拉麗莎在第一階段離家之際，拒絕符合父系文化鏡中形象，至此終於在書信的對話中，以「龍」所固有的政治性武器，挫敗了他的企圖，伸張了理想的自我。

---

❶　*Ibid.*, p. 51.
❶　見 *Problems of Dostoevsky's Poetics* (Ann Arbor, 1973).
❷　參見 "The Mirror Stage," *Écrits* (London, 1977).

### 第三階段: 尋獲母親

克拉麗莎在自盡之後，得到父親的寬恕，允許她回家安葬。此時她已成功地與洛夫雷交換了位置，成了伊各頓所稱的具有男性性徵的女性 (a phallic woman) ❹，學習到了男性的特質。 傳統的英雄神話結尾處，英雄與父親和解，繼承父親衣缽，重建社會秩序。克拉麗莎的女英雄勳業以「 詩的正義 」形式出現 ，全書結束時善惡各得其報，社會的道德秩序重新恢復: 洛夫雷在決鬥中被殺; 辛克萊夫人死於惡疾; 安妮和貝爾福等善良人物幸福快樂; 哈婁一家眞心懺悔追思前愆，但財產被小哈婁毀去大半; 克拉麗莎則求仁得仁，親炙永恆的喜悅。

《克拉麗莎》的女英雄神話架構，開頭、中腰和結尾都類似傳統英雄神話，但是所追尋的目標有質的不同。小說結束時理查遜強調二個神話象徵: 父家和環形蛇 (the uroboros) 。 克拉麗莎堅持回父親的家（俗世與天上的），不顧洛夫雷的哀懇求婚，最後在鄰人與友朋的唏噓環視之下溘然而逝。這個結尾的傳統解釋是浪女回頭，以死示悔。但是這種詮釋流於片面，略去了環形蛇的象徵意義，使得全書的多義性遭到犧牲。克拉麗莎臨死之前自行設計死亡儀式，訂製棺木，上置環形蛇圖案。 她稱此盒子為「 家 」，而盒上的圖案是「 蝕刻於白鐵上， 一條頭戴冠冕的蛇， 含尾於口， 形成環形， 象徵永恆」(Vol. 8, p. 225) 。蛇身形成的圓形空白處刻有碑文和一朵凋萎的百合花。

環形蛇是冶金術中的象徵，代表對立性質的融合、自足和永恆，生殖不息，無始無終，是和諧的最高理念，是一切矛盾的統合。得羅拉 (Stanislas Klossowski de Rola) 稱為「『 無限永恆 』（ The

---

❹ *The Rape of Clarissa*, p. 57.

Infinite Eternal）的強有力的象徵，代表宇宙周而復始的秩序，和反映此秩序的天地萬物：它是完美的靜與完美的動」[22]。換言之，宇宙的現象與本體，其變與不變的原則，皆統攝在此象徵之中。它代表了神祕的智慧。

理查遜是否熟悉環形蛇的冶金術的詮釋是次要問題，他取的是這個象徵的通俗意義：永恆。環形蛇的重要象徵意義是在神話層次上。容格的弟子紐曼（Eric Neumann）將它詮釋為母親的基型，其環形代表子宮，是生命孕育的處所，也代表無意識，是創造神話（The Creation Myth）的雌雄同體的原始象徵。環形蛇（口含尾）兼具男女性徵，口尾相銜周而復始，如生死循環永不止息。它是子宮圓形，但是又兼具兩性，互相緊密相交渾為一體，是以紐曼又稱為「宇宙雙親」，是男性與女性特質的結合，是生命的源頭[23]。克拉麗莎的家——上飾環形蛇的棺木——在神話的層次上代表死亡，也象徵永生。和傳統英雄不同，脫離子宮的母性羈絆不是克拉麗莎成長的關鍵階段（rite of passage）；她是女英雄，肯定母親，也得到雙性人格的報償。

## 四、結　語

女性主義批評意圖鬆動父系神話的架構，增添修改其內涵，從而提出「前所少聞、感覺生疏的一句新話」[24]。關於《克拉麗莎》一

[22] *The Secret Art of Alchemy* (New York: Bounty Books, 1973), p. 140.
[23] *The Origins and History of Consciousness* (Princeton, N.J.: Princeton/Bollingen, 1970), pp. 13-14.
[24] Carolyn Heilbrun, "Millett's Sexual Politics: A Year Later," *Aphra* 2(1971): 39.

書，已有許多「老話」，其中自神話的角度詮釋最精采周延的是范耿的〈論「克拉麗莎」〉❻，認爲此書兼含「清教徒宗教神話」、「社會階級神話」、「家庭神話」和「性愛神話」等架構，四個層次互相疊合，是一部具有多面指涉的鉅作。范耿的詮釋是父系文學批評的代表作，以克拉麗莎爲回頭浪女和爭氣的中產階級女兒，是克己復禮的殉道聖徒。范耿肯定了這部小說的多義及普遍性，認爲它反映了一七四〇年代英國社會的文化意識，以及西方父系文化的群體無意識。一九八〇年代中期之後，傳統英雄神話架構逐漸調整，開放它的宇宙以接納女英雄。女英雄神話推崇的性格是剛與柔、理性與感性、利己與利他互爲表裡的完整的人格。如皮爾笙和波樸所言：「在最深刻的心理層次上——在基型架構上——男女兩性的經驗是無分軒輊的」❼。父系文化傳統所獨頒給男性的榮銜——英雄——女性也有權享用。人生與文學中皆不乏女英雄的例子。正如傳統英雄神話之爲單一架構的神話，個例雖多而原則一貫，女英雄亦有千種面貌，千種肉身，克拉麗莎代表的是她的一貫精神。女英雄具有雙性人格，並不拒斥男性特質，也不因受父系文化的制約而以本身的女性特質爲卑。女英雄神話的積極意義在於發揚性別平等的原則，掙破性別歧視的牢籠，以不受成見左右的自由觀念，鼓吹博愛的人類文明。女英雄最後獲得的知識是「分別善惡」的知識，是對自我的瞭解與肯定，擴大而爲對人性的洞察與諒解。與侵略性的、以主宰世界爲目的的傳統英雄神話不同，女英雄神話所標立的理想或許可以產生眞正而持久的人類文明。

---

❻ Dorothy Van Ghent, "On Clarissa Harlowe," in *The English Novel: Form and Function*, pp. 45-63.

❼ *Who Am I This Time*, p. 6.

# 索　引

## 中　英　索　引

### 四　畫

### 五　畫

# 英 中 索 引

## A

## B

# N

Nashe, Thomas(納希)　126

Newmann, Eric(紐曼)　162

Norman, Dorothy(諾曼)　150

# O

Ovid(歐維德)　5, 8, 106, 110

# P

Parnell, Thomas(帕耐爾)　9, 108

Pearson, Carol(皮爾笙)　149-152, 163

Pope, Alexander (波普)　1, 4-11, 13, 15, 49-64, 66-68, 71-73, 76-
113, 137, 140, 146

*The Dunciad*《文丑傳》　49, 52-55, 96-113

*The Dunciad Variorum*《文丑傳附注版》　96-97, 99

*The New Dunciad*《新文丑傳》　96-97

"An Epistle to Dr. Arbuthnot"〈致御醫亞布士諾函〉　49, 55-63

"Epistle to Miss Blount"〈致勃勞恩特女士函〉　80-82, 85

"An Essay on Criticism"〈論批評〉　72, 77-80, 86, 90-91, 93

"An Essay on Man"〈論人〉　72, 77, 84-89, 90, 92-94

*Imitations of Horace, Epistle II*《仿何瑞思詩》　51, 80

*The Rape of the Lock*《秀髮劫》　49-51

"Windsor Forest"〈溫莎森林〉　10, 83-84

Pope, Katherine(波樸)　149-152, 163

Swift, Jonathan(史威夫特)　1, 4, 7-9, 11, 59, 64, 84, 102, 108, 109,
　　　　　　　　　　　129, 132, 140, 146

　*Gulliver's Travels*《格列佛遊記》　129

## T

Tillyard, E. M. W.(提利爾德)　119

Thomson, James(湯普生)　11

Trilling, Lionel(崔陵)　115

## V

Van Ghent, Dorothy(范耿)　115, 157, 163

Vergil(維吉爾)　3-4, 8, 17, 59, 95, 99, 100, 110, 113

## W

Watt, Ian(瓦特)　115, 117-130, 132-133, 136-137, 143-145, 147

　*The Rise of the Novel*《小說的興起》　116-123, 125

Weston, Jessie(韋士頓)　150

Wyatt, Thomas(魏亞特)　23-25

　"My Owne John Poyntz"〈致波恩茲詩簡〉　23-25

## Y

Young, Edward(楊格)　11, 55

| 書名 | 作者 | |
|---|---|---|
| 鏡花水月 | 陳國球 | 著 |
| 文學因緣 | 鄭樹森 | 著 |
| 解構批評論集 | 廖炳惠 | 著 |
| 世界短篇文學名著欣賞 | 蕭傳文 | 著 |
| 細讀現代小說 | 張素貞 | 著 |
| 續讀現代小說 | 張素貞 | 著 |
| 現代詩學 | 蕭蕭 | 著 |
| 詩美學 | 李元洛 | 著 |
| 詩人之燈——詩的欣賞與評論 | 羅青 | 著 |
| 詩學析論 | 張春榮 | 著 |
| 修辭散步 | 張春榮 | 著 |
| 橫看成嶺側成峯 | 文曉村 | 著 |
| 大陸文藝新探 | 周玉山 | 著 |
| 大陸文藝論衡 | 周玉山 | 著 |
| 大陸當代文學掃描 | 葉穉英 | 著 |
| 走出傷痕——大陸新時期小說探論 | 張子樟 | 著 |
| 大陸新時期小說論 | 張放 | 著 |
| 兒童文學 | 葉詠琍 | 著 |
| 兒童成長與文學 | 葉詠琍 | 著 |
| 累廬聲氣集 | 姜超嶽 | 著 |
| 林下生涯 | 姜超嶽 | 著 |
| 青春 | 葉蟬貞 | 著 |
| 牧場的情思 | 張媛媛 | 著 |
| 萍踪憶語 | 賴景瑚 | 著 |
| 現實的探索 | 陳銘磻 | 編 |
| 一縷新綠 | 鍾延豪 | 著 |
| 金排附 | 吳錦發 | 著 |
| 放鷹 | 宋澤萊 | 著 |
| 黃巢殺人八百萬 | 彭瑞金 | 著 |
| 泥土的香味 | 蕭白 | 著 |
| 燈下燈 | 陳煌 | 著 |
| 陽關千唱 | 向明 | 著 |
| 種籽 | 向陽 | 著 |
| 無緣廟 | 陳艷秋 | 著 |
| 鄉事 | 林清玄 | 著 |
| 余忠雄的春天 | 鍾鐵民 | 著 |

# 滄海叢刊書目（二）

## 國學類